北京汉阅传播
Beijing Han-read Culture

DIAGNOSIS:IMPOSSIBLE III

EDWARD D. HOCH

不可能犯罪诊断书 III

[美] 爱德华·霍克 著
石葱 译

吉林出版集团有限责任公司

目　录

25 雪原中的猎手小屋 ………… 001

26 干草堆里的神秘尸首 ……… 031

27 圣诞老人灯塔之谜 ………… 055

28 诡异的墓地野餐 …………… 077

29 影院隔音室密室杀人 ……… 097

30 致命爆竹谜案 ……………… 119

31 未完成的画布之谜 ………… 139

32 密封酒瓶毒杀事件 ………… 161

33 神秘消失的空中飞人 ……… 181

34 烟草熏制室之谜 …………… 205

35 雪地小屋密室杀人 ………… 227

36 避雷室谜案 ………………… 253

25

雪原中的猎手小屋

“我记得上次答应过你，等你这次来，要讲讲父母来北山镇探望我的事。”山姆·霍桑医生边倒白兰地[①]边说，“那是一九三〇年的秋天，猎鹿季节刚刚开始。那年，我三十四岁，在北山镇开诊所已有八年之久。北山镇对我来说，比生我养我的中西部城市更有家的感觉。要对父亲解释清楚，那可真不容易……”

★ ★ ★

我小时候总和父亲一同打猎，所以，我父亲哈里·霍桑退休后，想来新英格兰探望儿子，顺便猎猎鹿，也是很自然的事。父亲开了家利润不菲的纺织品商店，辛辛苦苦忙活了四十年，刚刚才退休。母亲和他同行。当然，两个人我都很欢迎。自从上个圣诞节参加完蓝思警长的婚礼后回了一次家，我还没回去过。我在北山镇八年以来，这也是父母第二次来看我。

① Brandy，以水果为原料蒸馏发酵的酒。主要指以葡萄为原料的酒。

我去车站接他们，帮父亲提上行李。

“我们只能待五天，而不是原先说好的一个月。”我父亲咕哝道，“你也知道你妈，一出门身子就不好。”他头发全白了，但还算茂密。而且，他精力像年轻人一样旺盛。我母亲正相反，总是病病歪歪。

我带他们走向我新买的斯图兹汽车[①]，父亲满意地嘀咕了两声：“你诊所的生意应该很不错吧，买得起这么好的车。”

“二手车罢了，”我说，“一个医生急着用钱，低价卖给我的。”

“我们给你的毕业礼物的不幸遭遇，我们听说了，我很遗憾。”我母亲坐到前座上说。

“是啊，烧光了。我很走运，当时不在车里。”我替她关上车门，绕到驾驶座这边。

我们先去了趟诊所，我带他们进去：“妈妈，这位是我的护士，爱玻。正如我经常跟你们说的，她帮了我大忙。”

爱玻这还是第一次见我父母，对他们热情而礼貌。我们正打算离开的时候，蓝思警长来了。他有力地握着我父亲的手：“实话跟你说吧，霍桑先生，您那位儿子可以当个很好的侦探。他帮我破了好多案，数都数不清。”

“哦？”我妈妈神色一震，“警长，本地犯罪率很高？”

“比你想象中要高。”他声音里居然有一丝自豪，“幸好有大夫

---

① Stutz，美国汽车品牌，建立于1911年，以生产跑车和豪华汽车著称，是著名的奢侈品牌。

这种聪明人在。他脑子简直跟爱因斯坦[①]那家伙一样灵！”

“我们得走了。”我跟往常一样，被蓝思警长的盛赞搞得有点尴尬。

“你们在本镇打算干点儿什么？”他问我父亲。

“哦，也许会去猎猎鹿。”

“天气很适合。”

“我有个笔友住在附近，”我父亲说，“他叫雷德尔·赛克斯顿。我想哪天开车去看看他。”

“噢，赛克斯顿很喜欢打猎！你应该看看他的武器收藏！”

“我很期待。他在信中提起过。”

蓝思警长舔舔嘴唇：“我给你点建议。马上去见雷德尔·赛克斯顿，就今天或明天。也许他会邀请你在他的山林里打猎。他名下拥有一片山林和一块池塘，那是本郡最佳的猎鹿场所。他甚至修了座打猎小屋，就在池塘附近。猎鸭也很方便。”

“谢谢你的提醒。”我父亲说，“回头见，警长。”

我本想陪他们度过一个安静的夜晚。但老爸在听过蓝思警长的建议后，坚持要我在晚餐后，赶快给赛克斯顿打电话。我跟那人不大熟。不过，换老爸去听电话后，电话两头的人显然都很激动，盼望着赶快见上面。根据他们商量的结果，我答应明天一早就开车送父母去赛克斯顿家。

---

① Albert Einstein（1879—1955），犹太人，20世纪最伟大的物理学家、思想家及哲学家。他是现代物理学的开创者和奠基人，提出了著名的“相对论”。

“九点我还有个病人。”我在客房铺床时，对父母说，“我十点左右来接你们。到赛克斯顿家开车要二十分钟左右。”

雷德尔·赛克斯顿是本郡最后一位旧式地主男爵，如果在新英格兰地区[1]本镇附近，可以使用“男爵”这种称谓的话。他名下的土地足足有三百英亩。当然，有些农场也有那么大。但雷德尔·赛克斯顿可不是农场主，甚至农场主里的绅士也比不上他。在战争期间，他靠倒卖军火赚了钱。虽然他现在跟赛克斯顿军火帝国已经没关系了，但公司仍然以他的名字命名。

第二天上午天气不错，十一月中旬难得有这样的好天气。我在崎岖不平的乡间小路上开着车，一路把农庄和道路指示牌指给他们看。“这块篱笆里面就是赛克斯顿的土地了。”我说。

“还真够大的。”我母亲说，“哈里，你总是会结交有钱人。”

我父亲马上生气地反驳道：“我是在《美国枪手》[2]杂志上看到他的信，这才写信联系他。我可不知道他有没有钱。而且，我一直不知道他跟赛克斯顿军火公司有关系。”

“他几年前卖掉公司后，买下了这片土地。”我说，“有时候，他住在佛罗里达[3]和纽约[4]，不过一到打猎季节，他总是会回到本镇。

① New England，美国东北部部分地区的总称。

② *American Rifleman*，美国一本关于武器的月刊杂志。最早出版于1865年，当时叫《步枪杂志》，历经数次改名后，于1923年改为现在的名称。

③ Florida，美国南部的一个州，亦属于墨西哥湾沿岸地区，有很多著名的度假胜地，包括迈阿密。

④ New York，隶属纽约州，全世界的大都市，著名金融中心，又称大苹果。

蓝思警长跟我说过,他收集了很多古代兵器。”

雷德尔·赛克斯顿亲自到门口迎接我们。他穿着流苏鹿皮夹克和马裤,身材很高,脸色红润,气质高贵。他头发剪得贴着头皮,已经灰白了。看到他和老爸在一起的样子,不知怎么,我联想起“一战”老兵的重聚。当然,我知道战争期间赛克斯顿在大后方忙着发财,而我父亲只在家乡征兵局干过。

赛克斯顿冲我随意点点头。不过,见到我父亲他好像真的很开心。“我天天盼着你的来信,哈里。你的信比报纸上大部分内容都要言之有物。这位一定是桃乐斯了。”他对我母亲说,“欢迎来到北山镇,二位。请进,快请进来!”

我从没见过赛克斯顿的家人。一位年轻女士抱着一捧鲜花出现在我们面前。赛克斯顿介绍说这是他妻子。我吃了一惊。“今晚有霜冻,”她说,“所以,我得赶紧把花都摘下来。”

她名叫罗斯玛丽。赛克斯顿大概有六十岁了,看样子妻子比他要小上三十岁。她多半是赛克斯顿的第二任妻子,长得很迷人,态度也亲切友善。我努力回忆有没有在镇上见过她,想了半天,好像是没见过。这也不奇怪,毕竟一年中,赛克斯顿住在本镇的时间并不长。

“附近猎鹿怎么样?”我们在四面墙上装饰着木板的起居室坐定,围拢在壁炉火光周围,我父亲问道,“我想趁过来玩的时候,打打猎。”

“现在正合适。”雷德尔·赛克斯顿说,“再合适不过了。实际上，我已经约了几个人明天上午一起打猎。如果你愿意，可以加入我们。我们就在这片地头，池塘那边活动。我有将近三百英亩土地，大部分土地都覆盖着树林。我还在那边修了栋打猎小屋。”

“多谢你盛情邀约。”父亲微笑着，痛快地接受了邀请。

“也欢迎你来，山姆。”赛克斯顿明显是附带邀请，“你母亲也可以一起来，我们去打猎的时候，她可以和罗斯玛丽待在家里。”

我咕哝着还要看病人，不过我知道，完全安排得过来。能和老爸再次一起打猎，像多年前那样，我还是挺愿意的。哪怕想到屠杀小鹿，让我有点恶心。“你们几点开始？”

赛克斯顿想了想：“很早。如果可能的话，你最好七点就来。同行的还有我邻居，杰姆・弗里曼和镇上的比尔・翠西。我大概还会请蓝思警长。一行总共六个人。”

比尔・翠西是个房地产商，跟赛克斯顿做过生意。杰姆・弗里曼则是个成功的农场主。我跟他们俩都很熟，最近还给弗里曼的小女儿看过病。没什么大不了，就是小孩子常得的小病。

“我们一定到。”父亲对赛克斯顿说，“现在，让我们看看你的收藏怎么样？我早就心痒痒了。”

雷德尔・赛克斯顿笑了起来，带我们进入隔壁房间。整整两面墙上，几乎挂满了玻璃展示柜。柜子里琳琅满目，大部分都是木柄武器。我们的主人迅速一一介绍了一遍：“我收集古兵器很多年了。虽然我们一年只来住几个月，但我觉得，这种收藏就适合放在本地。这个绳子一样的东西是投石器。把石头放在上面的小包里，举起来绕着头甩，石头就会飞出去。牧羊人大卫[①]就是用它杀了巨人歌利亚[②]。这个是印度的弹弓，两条皮筋中间固定着弹匣。”

“真不寻常，”我父亲低声道，“我从没见过这种东西。”

“这些标枪是澳洲土著用的。当然，这回旋镖你们应该很熟悉了。这些是飞镖、标枪和投掷的飞梭。隔壁的杰姆·弗里曼可以跟你们讲讲，在大战中，他怎样从飞机上往下扔飞镖的故事。”

“请看，这个木制标枪投掷器来自南非。把枪头插进这个孔，投柄就像连在手臂上一样好用。爱斯基摩人使用的鱼叉也有类似装置。然后，请看巴塔哥尼亚人[③]用的链球，一根手柄上用皮带连着三个球，主要用来勒毙猎物。”

我抢先走到另一个展柜前：“这些宝剑的年代似乎近些。”

“那些啊，是西太平洋岛屿原住民用的仪仗宝剑。”赛克斯顿说，“注意看这个棍子，边缘磨成鲨鱼牙齿状，足以致命。有时候我用它来杀死受伤的鹿。看到这些椰子壳做的盾牌了吗？来自同一个地区。”如果不是他妻子打断，他可能还会滔滔不绝地讲上半小时。“那不是詹妮弗吗？”罗斯玛丽叫道。我看到窗外有个二十几岁的年轻女人，正推着自行车走过。“来吧，”赛克斯顿夫

① 《圣经》故事中以色列的民族英雄，善于弹琴的牧羊人，用一个投石器杀死了前来入侵的残忍巨人歌利亚。米开朗琪罗的大卫像所描绘的就是这位牧羊人。

② 上述故事中的巨人。

③ Patagonian，南美洲南部主要印第安部落之一。

人对我们说，“我给你们介绍我妹妹。”

我们全跟着她来到院子里。她妹妹一边把自行车停在空置的鸡舍里一边接受姐姐的介绍。“詹妮弗，这两位是哈里和桃乐斯·霍桑夫妇，这位是他们的儿子山姆·霍桑医生，就在本镇开业。霍桑先生和夫人这礼拜来探望儿子。哈里是雷德尔的朋友。”

詹妮弗看到我们似乎很高兴：“罗斯玛丽非要让我来陪他们待一个月。能多见到几个人，我真高兴。我想，在纽约待久了，自然习惯了大城市的生活。”

“你对自行车很熟练嘛。”我说。

“雷德尔不许我骑到树林里去。他怕我被猎人们误当成鹿。”她好看地嘟起嘴，“你会把我错当成鹿吗？”她问我。

“也许吧。”我承认道。

我们正想告别，隔壁农场的杰姆·弗里曼来了。他穿过原野，朝主屋走来，体格壮硕。我总觉得他更像一个摔跤手，而不是农场主。“天气预报说晚上可能有小雪。”他对雷德尔·赛克斯顿说，“你最好打开水龙头，免得水冻上。”

赛克斯顿点点头：“我想你说得没错。”他转身对我父亲解释道，“我在小屋里准备了一个蓄水缸，有点水，方便煮咖啡、冲饮料、洗碗之类的，还可以冲厕所。”

“像家一样舒适。”我母亲干巴巴地说。她一直不怎么喜欢打猎。我还记得小时候，在礼拜天下午，父亲带我去打野鸡之后，她总会埋怨很久。

谷仓背后的大水桶上绕着一百码左右的水管。雷德尔·赛克斯顿拉起一头，牵在手里，带我们一起走向打猎小屋。“我带你们去看看明天上午活动的地方。”他说，“我会整晚开着水龙头，免得蓄水缸里的水冻上。”

他转过头对邻居说：“杰姆，明早我们一共有六个人。哈里和山姆也会来。我还想请蓝思警长。”

“很好啊。”

我们穿过两棵大橡树，翻过小山顶。在我们脚下，五十码左右的地方，坐落着一个原木板搭建，由好几个整棵树干排成房顶的粗陋小屋。小屋位于池塘旁，在清晨的阳光中安静地矗立着。赛克斯顿扯了扯水管，拖着它穿过一片低矮的草地，朝山下走去。水管比浇花用的那种粗不了多少，但本地农民经常一买就是几百码，用来灌溉田地。

打猎小屋内部比外面看起来大。可以轻松地容纳我们这群人。罗斯玛丽·赛克斯顿和妹妹詹妮弗也跟来了，还有赛克斯顿、弗里曼、我父母加上我，一共是七个人。屋里天花板不高，不过我可以随便站起来，四处走动，不用弯腰。小屋里有野外用的炊具、粗糙的椅子，一张桌子，甚至还有个小冰柜，可以储藏食物和饮料。在墙边的架子上，固定着一个金属缸子，里面装满了水。赛克斯顿把水管一头放进缸子里。

“这玩意儿可以装三十加仑水——差不多和普通木桶一样

大。”他对我父亲说，“水管从缸子上伸进去。我打开那边的水泵，刚好可以放上一晚上水。当然，水势要开小点。多余的水就排进池塘里。”

“这墙上洞还真不少。”我说。

“都是架枪的洞，山姆，”我父亲抢先答道，“对吗，雷德尔？”

“当然！明天早上，我们留几个人在这里等着，其他人就把鹿朝这边赶。然后，我们通过这些洞，趁猎物穿过那片平地时，开枪射击。”

“真是个好办法！”我父亲热切地说。

“我就知道。”我母亲咕哝道。

詹妮弗小声说道：“这么看来，我和你就负责烹调猎物了，罗斯玛丽。”

赛克斯顿夫人哼了哼：“那也要他们猎得到鹿。我敢打赌，鹿肯定能逃掉。”

然后，我们慢慢走回山上，看着赛克斯顿打开水泵，水流通过管子，慢慢流向简陋的打猎小屋。然后，弗里曼朝自己的农场走去。我也带父母回到车旁。“明早七点，别忘了。”雷德尔·赛克斯顿在我们身后喊道。

当晚吃饭时，我母亲承认雷德尔夫妇人不错。“跟一般的猎鹿者比起来。”她又加了一句。

父亲忍不住笑了：“桃乐斯，我认为赛克斯顿夫人根本就不打猎。别把他们混为一谈。”

“我得回诊所一趟，”我说，“看看爱玻留没留消息给我。”

“去吧。”母亲开始收拾碗碟，“你父亲和我反正也得早点睡，明天我们要起得和鸡一样早。”

“比鸡还早，桃乐斯。”我父亲纠正道。

我开车回到办公室，发现只有一条重要消息。有个农场出了事故，使我的一个病人住了院。我开车去圣徒纪念医院看他。离开医院时，我碰到了比尔·翠西。比尔总是衣冠楚楚，衬衣领子烫得笔挺。他看起来更像个银行家，而不是地产商。我以前不知道他也打猎，特意跟他提了提。

“山姆，我会打猎并不比你也会打猎稀奇。怎么，你也要去？”

“我父母刚好来探望我。老爸是赛克斯顿的笔友。赛克斯顿邀请我们加入。我们今天早上还去过他家一趟，很不错的地方。”

“他小姨子也在吗？”

“你是说詹妮弗？是的，她也在。姑娘挺可爱。”

比尔·翠西用手拉了拉笔挺的领子：“上周我开车经过的时候，好像在弗里曼家看到过她。不过，我不敢肯定。也可能是赛克斯顿夫人。她们长得很像。”

“近看倒不太像。也许你看到的是弗里曼家某个女儿。”

“不是。我认出詹妮弗常骑的自行车了，停在房子一旁。”他冲我眨眨眼，“她跟我说过，对乡村生活感到厌倦。”

“今天跟我们见面时，她也提到过类似的话。”我说。

“好吧，明早见，山姆。睁大眼睛，也许你会看到比鹿更有趣的东西。”

一直到回家，我还在想他说的话。一进门，我发现母亲端着一杯热巧克力坐在窗前。“我睡觉前得先放松放松，”她说，“不过你父亲可不需要。他已经鼾声如雷了。”

“父亲他身体怎么样，妈妈？”我坐在她身旁的沙发上，问道。

“就他的年纪来说，还不错。上礼拜他去看了看医生，心悸的毛病。山姆，明天打猎时多留点神。”

“当然。”

她喝了口热巧克力汁，叹口气：“我一直不喜欢他打猎。也不喜欢你跟着去！”

“我有二十年没打过猎了——上一次还是跟他一起。我明天愿意去的唯一原因是，他希望我去。”

“山姆，他永远把你想成他的小宝贝。”

“我确实永远是他的小宝贝，也是你的小宝贝。”

“不，不，”她摇摇头，“你是个成年人了。你应该成家立业。”

“我知道，母亲。”

“上个圣诞节，你写信来说起婚礼，我还以为你说的是自己的婚礼。”

“是蓝思警长。他比我年纪大多了。”

“别让时光悄悄流逝了，山姆。别成天忙着看病啦、当侦探啦。总有一天，你突然醒来，发现自己变成了一个孤独的老头，没人爱的老头。”

“嘿，”我笑道，“别说得这么严肃！行了，我们都该上床了。

我调了五点半的闹钟。”

“好吧，”她吻了吻我的脸，“不过，好好想想我跟你说的话。”

那之后，我躺在床上，久久不能入睡。听着隔壁房间传来的鼾声，我不禁在想，母亲是不是也没有人爱她。

第二天清晨，我被闹钟吵醒。整晚睡得还不错，完全没有做梦。我看了看窗外，已经积了薄薄一层雪。天还黑着，我听到父母进出浴室、穿衣服的声音。

“早上好，”我大声叫道，“昨晚下了有半英寸的雪。”

“正适合追踪鹿的痕迹！”父亲很兴奋。

“当然！我去准备早餐。”

一小时后，我们出发前往赛克斯顿家，路上一个人都没有。白雪上只有为数不多的车辙，我们转向赛克斯顿的私家小路，我意识到那些车辙中，有一对属于蓝思警长。他比我们先到。这时候，太阳已经升起来了。蓝思警长靠在车边，身旁放着猎枪，正在和赛克斯顿还有杰姆·弗里曼聊天。

“积雪了，太好了！”雷德尔·赛克斯顿跟我们打完招呼，说，“鹿这回别想逃掉了！”

詹妮弗从房里走出来，带着足够大家吃的三明治。罗斯玛丽·赛克斯顿匆匆跟在她身后，迎接我母亲：“请到屋里来，暖和一点——而且安全。”

就在此时，另一辆车停在了我的斯图兹后面。比尔·翠西下了车，猎枪装在华丽的皮套里。“早上好，各位！”

我把他介绍给父母。他从詹妮弗手中接过一个三明治。然后，赛克斯顿开始发号施令：“你们以打猎小屋为圆心，围成半圆。相互离远一点，可以覆盖的范围更大。然后，慢慢朝小屋聚拢，把猎物朝小屋赶。山姆，你和我留在小屋里，如何？”

我记起昨晚答应过母亲，要照顾父亲。“如果方便的话，我还是想待在外面。”

雷德尔·赛克斯顿耸耸肩：“那好吧。我独自留在屋里，把猎物当成靶子打。如果外面是五个人，可以搜索的范围还更广。”

我们蹒跚地穿过雪地，走向水泵房，关掉从昨晚就开着的水龙头。

“杰姆，你留在这儿，等我把那边管子取下来，帮我收回来，盘上。我可不希望有人绊在水管上，跌一跤，吓跑猎物。”

弗里曼依言留下来，其他人朝小屋走去。詹妮弗只穿着一件毛衣和薄外套，穿着男式工装裤，和赛克斯顿一起走在最前面。“你也去打猎吗？”我大声问道。

“我倒想，他们不准。”

我和蓝思警长并排走着，比尔·翠西和我父亲落在最后。“你妻子好吗，警长？”

“她很好，大夫。不过，我今晚最好能带几块鹿肉回家。不然，她可不会原谅我消失一整天。”

“该死，”赛克斯顿在我们前方诅咒道，“我居然把这茬忘了。”

他朝詹妮弗发了几句指示，然后，在俯瞰狩猎小屋的山坡上停下脚步，“还有，詹妮弗，回去的时候顺便跟杰姆说一声，我一给信号，就把水管收起来。”

“当然。”她说着，开始往回走。

“我喜欢你的靴子。”我欣赏地看着崭新的皮面，由衷地说。

“在纽约买的。给你看看鞋底花纹！”他抬起脚让我看鞋底。这时，他终于注意到我的猎枪。那是把温切斯特老式连发猎枪[①]。“请容许我实话实说，山姆，这可不适合猎鹿。如果你想换一把，我还有多余的。”

“不，不，我用这个正好。需要致命一枪的时候，还是让老爸来吧。”

“好吧，如果你坚持的话。”他转过头，对老爸、比尔·翠西和警长说，“听着，这个小山坡挡住了主屋，使那边免受流弹袭击。不过，即便如此，大家尽量不要朝这个方向射击。步枪射程很远，我可不希望主屋窗户被打碎，更不希望贱内中弹。”说到最后一句，他开玩笑地笑了。然后，我们在山坡最高处等着，看着他踏过平整的雪面，朝小屋走去。他右手扛着猎枪，左手拿着詹妮弗做的三明治，跨过水管，走进小屋。

透过小屋墙上的枪孔，我看到他从水缸里抽出水管，丢在门口。“可以收了！”他大喊道。我传话给守在水泵房的杰姆·弗里曼。弗里曼开始转动绞盘，水管在雪地上蜿蜒蠕动起来。

---

① Winchester Rifle，美国温切斯特兵器公司制造，用于打猎的连发式猎枪。

赛克斯顿看到弗里曼来到我们身旁后，大喊道："现在，散开吧。注意观察鹿的足迹，发现猎物之后，就朝小屋方向赶。我煮好咖啡，等你们回来！"

我们四下散开。翠西和弗里曼朝东边走去，我、警长和老爸朝西去。我尽量让老爸保持在视线范围内。等他一发现鹿的足迹，我马上跑到他身边。

"是鹿，没错，"我附和道，"而且看起来个头还不小。"这下子，我正好跟在他身边，懒得回到原来的位置。我们一起追踪着猎物脚印，就像我小时候一样。

他肯定也想到了同样的事："昨日重现，不是吗？"

"当然，老爸。"

"你母亲跟你说了我心脏的事？"

"她说，你心脏出了点问题。在吃药吗？"

"当然，当然。我会长命百岁。毕竟，我儿子可是医生，不是吗？"

"我真希望住得离你们近点。想不想搬到东部来？"

"来新英格兰？才不！我们都是中西部的老居民了。你曾经也是。"

"我知道。不过，现在我不太可能搬回去。"

"我可不敢肯定。你觉得在这儿生活得更好？"

"我喜欢待在这儿。"

"你喜欢赛克斯顿那种人做病人？那种有钱人！"

"他不是我的病人。还记得吗，他是你的朋友！"

“你母亲认为他妻子过得不幸福。”

“为什么？”我带头穿过树林，追踪着猎物的脚印。

“哦，罗斯玛丽·赛克斯顿对打猎一事颇有微词，抱怨说她整个生活都围着丈夫转。桃乐斯认为，她听起来不太高兴。”

“北山镇大部分女人都愿跟她换个位置。”

突然，在我们前方雪地上，出现了猎物的新鲜粪便。父亲示意我小声点。“安静，”他低声道，“猎物就在前方不远处。”

我们走出树林，绕过一丛灌木，我看到蓝思警长朝左边走去，直指着前方，从我们这个位置看不到它。突然，猎物出现在前方二百码处，朝赛克斯顿的小屋奔去。

“看它的角！”我父亲激动道，“说不定有十二个分叉[①]！”

猎物突然转过身，朝我们冲来。蓝思警长举起猎枪。不过距离太远，瞄不准。他肯定想到了这一点，又放下了枪。猎物掉转头，朝另一边跑去。

“风从我们这边刮过去。”我父亲说，“它大概闻到了我们的气味。”

“如果翠西和弗里曼守在那边，那它跑不掉了，只能朝小屋方向逃去，赛克斯顿肯定能命中目标。”

我们加快脚步，小跑起来。池塘出现在视线里，紧跟着是小屋。我看到弗里曼从山坡另一边爬了上来，过了一会儿，比尔·翠

---

① 鹿越成熟，鹿角分叉越多。十二个分叉的鹿角，代表这只鹿年龄较大。猎物越成熟，猎人越有成就感，因此霍桑老先生很激动。

西也出现了，背冲着主屋。两个人都看到猎物，端起了猎枪。

“他们怎么不开枪？”蓝思警长跑到我们身边，问道。

“那家伙离小屋很近了，赛克斯顿可以轻易干掉它。”我父亲说。他也举起了手里的猎枪，但猎物像离弦之箭，笔直朝前冲。它穿过小屋前的空地，从小屋旁不到二十码处蹿了过去。

小屋里并没有传出枪声。

我们还没弄明白发生了什么事，大块头的猎物已经穿过池塘边的浅水地带，从侧面冲向弗里曼。弗里曼转过身，单脚跪下，举起猎枪飞快开了一枪。子弹击中了猎物身后的水面。它逃走了，消失在池塘后的树林里。

“该死，怎么回事？”翠西冲下山坡，朝我们身边跑来，怒吼道。

弗里曼也赶了过来：“赛克斯顿怎么没开枪？”

“我不知道。”父亲答道。我也不知道。我们都呆站在那儿，看着脚下的打猎小屋。雷德尔·赛克斯顿的脚印是通向小屋的唯一足迹。烟囱里还冒着烟，显然他已经生了火，在煮咖啡。

我父亲沿着鹿的足迹，迂回走到小屋边，推门进去。

他几乎立刻再次出现，对我叫道：“快来，山姆。出事了！我想，他被谋杀了！”

我警告其他人留在原地，独自前去一探究竟。

雷德尔·赛克斯顿趴在小屋中间、餐桌旁的地板上。他脸朝下，后脑勺上血迹斑斑。一旁放着鲨鱼齿状的棍子，显然来自他的古兵器收藏。

“他死了，没错。”我确认道，“凶器就是那玩意儿，他当场毙命。”

“会是谁干的，山姆？”我父亲问道。

我走到门口，叫蓝思警长：“警长，过来一下，小心点，别破坏脚印。”

“根本就没什么脚印，大夫——除了雷德尔自己的。我围着小屋转了一圈。后面的厕所也是空的。”

我朝池塘方向看过去，证实了他的说法。小屋一侧靠近池塘，离水面仍然有十码远。从小屋到水边的雪地上没有丝毫痕迹。翠西和弗里曼没理会我的警告，跟着走了过来。不过，这也没关系。谁都看得出，通向小屋的唯一脚印是死者留下的，而且进来就没有再离开。不管是凶手是谁，犯案手法肯定是远程遥控。

“得有人去通知他妻子。”杰姆·弗里曼低头看着尸体说。

“是谁干的？”翠西问道，“会不会是从树林路过的流浪汉？”

“没留下足迹的流浪汉？”我反问道，“除了死者自己的以外，这片雪地上只有鹿的足迹。你们看到其他脚印了吗？”

众人都摇着头，没人看到过。我走出门，跪在雪地里，检查死者留下的脚印。然后，我们一起回到主屋。蓝思警长负责把噩耗通知女主人，我们则面色严峻地站在一旁。罗斯玛丽·赛克斯顿愣愣地看着我们，好像没听明白：“死了？你说死了是什么意思？”

“我们听到枪响，”詹妮弗说，“是猎枪走火？”

“他脑袋上被重击了一下，”我说，“还不知道是谁干的。”

罗斯玛丽·赛克斯顿一下子崩溃了。

詹妮弗和杰姆·弗里曼把她送回房间,我从车里取来医药包,给了她一片温和的镇静剂。蓝思警长已经在打电话了,让接线生转告副警长,立刻派辆救护车过来,运走尸体。

我回到客厅,走到母亲身边。她坐在椅子上,脸色苍白。"出了什么事,山姆?"她问我。

"我正打算弄明白。"我说,"告诉我,我们去打猎期间,那两个女人有没有离开过房子?我是说赛克斯顿夫人或詹妮弗。"

"没有,"她刚一说完,又更正道,"至少我没看见。罗斯玛丽在烤蛋糕,有段时间待在厨房里。詹妮弗上楼待了十分钟。我想,她们都有机会溜出去,不被我发现。"

我安抚地捏捏她的手,走到楼上去。詹妮弗和弗里曼还陪在罗斯玛丽身边。我发现主屋背后还有间卧室,正对着打猎小屋。不过在主屋和小屋间隔着一个红色的大谷仓,挡住了我的视线。

"你想弄明白凶手的手法?"有人在身后问我。原来是杰姆·弗里曼。

"我知道,看起来像是不可能,但他的确死了。我有个不错的推理,棍子可能是从这个窗口发射过去的,比方说,用迫击炮之类的外力。"

弗里曼来到窗前:"这是詹妮弗的房间。你认为是她干的?"

"我也不知道。我只是来看看角度行不行。"

弗里曼点点头:"战争期间,我在法国空军服役。他们真会从飞机上扔飞镖，还管它叫镖弹。”

“我就是这个意思。飞机上可以扔镖弹，弓箭射入人体。没准棍子也能用迫击炮发射。”

“但是，可能性不大。”弗里曼说。

“确实不大。”我承认，“而且，小屋顶上并没有大洞。”我突然又想到别的事，“赛克斯顿夫人或她妹妹去过你家吗？”

“怎么这么问？”

“她们去过也不奇怪，毕竟你们是邻居。比尔·翠西告诉我，上礼拜，他好像看见姐妹中的一位去你家。”

弗里曼哼了哼：“比尔·翠西真是个嚼舌的八婆。没错，有天詹妮弗骑车来过。为什么不行？就像你说的，我们是邻居。”

“不过，罗斯玛丽·赛克斯顿从来没去过你家？”

“也不能说从没去过。有天晚上，她好像和雷德尔一起来过。不过，倒是从没自己来过，如果你是想问这个。你以为我杀了他，好把他老婆搞到手？”

“杰姆，目前我可不敢妄下断言。只是问几个问题。”

“好吧，去问别人。”说着，他离开了房间。

我回到楼下，只见蓝思警长正对两名刚刚赶到的副警长发号施令。看见我来了，他问道：“他们马上去小屋拍照片，然后把尸体运走。这样行吗，大夫？”

“当然。你说了算。”

我们陪副警长一起，穿过树林，回到打猎小屋。雪开始融化了，不过雷德尔·赛克斯顿孤零零的脚印仍然非常明显。“你知道，大夫。”蓝思警长慢慢地说道，“我认为凶手有三个办法。”

对于这种话，我听得多了。不过，蓝思警长抛出推理时，一般都不无自豪。这次倒完全听不出来。“什么办法？”我问。

“凶手站在远处，把棍子扔过去，或用发射机射过去。”

“要知道，尸体可是在室内。”我指出，“退一万步说，凶手将棍子扔过来时，死者刚巧把头伸出了窗外。死后，他倒向室内。但即便如此，棍子也会落在室外的雪地上。而且，造成致命伤的，是棍子上的鲨鱼齿印部分。如果棍子远远扔过去了，怎么可能瞄得那么准，刚好齿印部分击中死者头部。”

“看来，你已经考虑过这种可能性了。”

“是的。”我承认。

“好吧，那说第二种可能性。凶手踩在赛克斯顿的脚印上，穿过雪地。离开时使用了同样的办法。”

我不情愿地摇摇头：“死者穿着新靴子，脚印上留下了清晰的花纹。我专门检查过，鞋底花纹丝毫没模糊。警长，那些脚印就是赛克斯顿留下的，没有第二个人踩过。而且，他进去了就没再出来。”

蓝思警长深吸一口气：“那好吧，大夫，只剩下第三种可能性了。赛克斯顿被第一个进入小屋的人杀死，在我们进屋前。”

“第一个进去的人是我父亲。”

“我知道。”蓝思警长说。

那之后，我们没再说话，静静地穿过慢慢融化的雪原，朝小屋走去。副警长干完手头的活儿，用担架运走了尸体。在离开前，其中一名副警长来到雪地上，拍脚印照片。

“我在地上发现了这玩意儿。”另一个副警长对蓝思警长示意道。

“这是什么？一根羽毛？”

“是的。”

蓝思警长咕哝道：“看起来不是新的。也许是上个猎鸭季留下的。”

“在我看来，更像是鸡毛。”副警长说，“也许有人用鸡毛做了根箭？”

“他又不是被箭杀死的。”警长咕哝道。他把羽毛收进口袋。

两个副警长都离开了，只剩我和警长时，我说：“我父亲没杀赛克斯顿。”

“我知道你的感受，大夫。如果换我，肯定也一样。我承认，他看起来似乎没有动机——”

“他不可能杀人。想想看，警长。那根棍子，也就是凶器，是怎么跑到凶案现场去的？它本来收藏在主屋，在赛克斯顿的玻璃柜里。不是死者带过去的。我们看着他走进小屋，右手扛枪，左手拿着三明治，没别的了。我已经证明他没离开过小屋，踩在自己的脚印上退出来也不可能——那会弄花原本的鞋底纹路。”

“该死，大夫，凶器是凶手自己带去的。这不难猜到。”

“当然，你说得没错，是凶手带去的。这也证明了我父亲的无辜。他不可能把棍子藏在衣服底下，跟我一起穿过树林，然后在众目睽睽下，走进小屋。如果那样，我们不可能注意不到。”

蓝思警长明显松了口气：“当然，大夫。你说得没错。肯定不是他。”

“另外，如果赛克斯顿在我们走近小屋时还活着，他不可能错过那头鹿。他没开枪的原因就是，当时已经死了。”

“不过，这样一来，还剩下什么解释？”

“我不知道。”我老实说道。

“也许是鸟干的！这也能解释羽毛的来源。要不然，就是凶手绑着翅膀飞过雪地！听起来怎么样，大夫？”

“可能性不大。”我轻声道。我们离开小屋，朝主屋走去。

“不过，刚刚我说过，棍子不可能藏在衣服下，也许还有另外一层意思。”我说，“凶手带着棍子，怎么靠近死者？雷德尔·赛克斯顿肯定能意识到凶手的意图，为什么不反抗？”

“凶手肯定想办法，把棍子藏了起来。”

我打了个响指：“藏在猎枪套里！”

“比尔·翠西那种！”

我们回去时，刚好看到比尔·翠西把猎枪和枪套放回车上。蓝思警长回去拿上棍子，想装进枪套，但没成功。猎枪放在里面，枪套里没剩多大地方。哪怕把猎枪取出来，棍子可以勉强塞进去，但枪套也会鼓出一坨。

“我打猎的时候根本就没带枪套！”翠西坚持道，“只带了猎枪！如果你们想栽赃在我头上，真是疯了！”

“我们没想栽赃在你头上，比尔。”我坚持说道。

他爬上车，说：“如果你们还有其他问题，知道去哪儿找我。”

翠西驾车离开后，我母亲从房子里走了出来：“山姆，整件事让你父亲情绪非常低落。我们最好赶紧离开。”

“当然。”我说，“我跟警长说完就走。”

蓝思警长刚刚回屋去了一趟，此刻再度出现：“除了凶器，其他武器都好好地收在柜子里。不过，我又想到了另外一个办法，山姆。假设有人用冰块做成南非投掷枪头，标枪旋转着穿过小屋门，缠在死者脖子上，击碎他的头骨。因为室内生着火，所以冰枪头融化了。”

“标枪上的绳子去哪儿了，警长，它也融化了？而且，案发现场并没有水迹。而且，真正的凶器，也就是棍子，敲击形成的齿痕又该怎么解释？”不过，说起火，我想到了咖啡，说起咖啡，我想到了别的，“水缸！”

“啊？”

“跟我来，警长！路上再向你解释。”我跑过水泵房和谷仓，直奔小屋而去。蓝思警长紧跟在后。“你还不明白？凶手根本不用穿过雪地，因为他一直就藏在现场——在下雪前已经藏在小屋里了！如果那个金属水缸能装三十加仑水，藏一个小个子成年人足够了。他杀死赛克斯顿后又藏进了水缸，等安全之后再逃走。”

我们非常接近小屋了，蓝思警长感染了我的热情：“凶手还在里面吗？”

“也许不在了，不过，如果水缸是空的，这个推理就说得通。凶手要藏进去，就必须先把水缸排空。事后，他不可能把水灌回去，因为水管已经被收起来了。”

这辈子，我没对几件事如此确定过。冲进小屋，我一把揭开水缸盖子，把手伸了进去。

水缸里面装满了水，几乎没到了水缸边缘。

蓝思警长想安慰我：“你瞧，大夫，凶手也许是藏在里面，事后再灌满水。”

“没有水管。”

“他可以用池塘里的水。”

“小屋到池塘之间的雪地上，什么痕迹也没有。”我提醒他说。不过，为了进一步验证，我还是倒了点水出来。水很清凉，绝不是池塘里的死水。

回到大屋，我十分沮丧，就像刚听到蓝思警长说我父亲涉案时一样。凶案必须有解释。但我知道，耽搁得越长，破案的可能性也越低。翠西，其中一名嫌疑人，就已经回家了。

罗斯玛丽·赛克斯顿好像恢复了一些，回到了楼下。她脸色苍白，说话有点慢，大概是因为我给的镇静剂。“告诉我，事情是怎么发生的？”她小声问道。

“我们也不知道。”我老实说，“也许是睡在小屋的流浪汉杀了他。”

她挥挥手表示不耐烦：“杰姆·弗里曼告诉我了，凶器是他自己收藏的棍子。凶手不可能是流浪汉。”

我父亲刚好走进来，听到了最后一段话："你是说，有人蓄意谋杀了他？真不敢相信。"

"目前，我们什么都不知道。"我疲惫地说。

"他是我的朋友。我愿意做任何事，找出凶手。"

我母亲打岔说："我认为，最好先回镇上去，哈里。山姆会载我们回去。"

她说得没错，是该走了。不过，我还是有点放不开。"我想再去看看收藏柜。"我说。

"我已经检查过了，大夫。"警长说。

不过，我还是坚持去了武器收藏室，看看高高的玻璃门柜。詹妮弗跟了进来。我问道："柜子钥匙一般收在哪里？"

"柜门开着，从来不锁。"

我站在那儿，盯着柜子里的空位，来自太平洋小岛的鲨鱼齿印棍，原本放在空位上。我还记得雷德尔·赛克斯顿带我们参观，提到棍子时所说的话。有人拿走棍子，插上翅膀飞过雪地，杀死了他。

我盯着玻璃柜门，门上反射出我和詹妮弗的影子。"我们走吧。"我说。

"太阳又退进云层里了。有点冷了。"她说着，打开房门。

我扶着她走下后门台阶，朝小屋方向走去。"今晚可能又要下雪。"

"我感觉真无助。"她说。

"我们都一样。就在刚刚，看到玻璃门上的影子时，我才意识到自己有多无助。突然间,我明白了凶手是谁。但我没有任何证据,说服不了陪审团。”

“你是说,是柜子提示了你?”

我点点头:“我记起赛克斯顿在带我们参观时说的话。他说,那玩意儿用来结果受伤的鹿再好不过了。他以前就用过,不是吗?今天早上,他说自己忘了什么东西,指的就是棍子。他让人回去,帮他拿到小屋。”

她疑惑地看着我。

“他让你回去帮他拿,詹妮弗。你当时和他走在一起,我听到他低声对你说着什么。然后,你回到主屋,替他取来棍子。当时,其他人都四散开了,所以我们没看到你回去。你带着棍子走进小屋,赛克斯顿也不会心生警惕,因为是他让你去取的。他甚至转身背对你,给了你绝好的机会。棍子上有齿印,对准目标挥下去,杀他并不难。”

“你是说,我是凶手?”

“只可能是你,詹妮弗。我猜你的动机是钱。你姐姐可以继承他的遗产,你也有钱了。”

“不。”

“是的,詹妮弗。我母亲说你上楼十分钟——那就够了。”

“我怎么穿过雪地?根本没有脚印。”

这时,我们来到了山坡最高处,俯瞰着狩猎小屋,在秋日美景中静静矗立着。雪还没化完,赛克斯顿的脚印仍清晰可辨。

"哦，不，雪地上有痕迹。"我说，"痕迹还在，清晰可辨。不过，就像切斯特顿[①]笔下的邮差一样，太明显了，反而让人忽视。当然，我指的是从水泵房到小屋的水管印。昨晚下了有半寸雪，积在水管上。今早，水管收起来后，底下裸露的地面露了出来。水管印从小屋门口一直延伸到水泵房。"

"你疯了！水管最多只有一英寸半宽！哪怕我踮着脚走，也不会丝毫痕迹都不留下！"

一阵寒风吹过，我竖起衣领。"你并不是踮着脚走，詹妮弗。"我平静地说，"你骑着自行车。"

如果我期待她做出困兽之斗，那就要失望了。她闭上眼，身子微微一晃。我伸出手扶了一把。

"你说过，打猎季节，死者不准你骑车去树林，"我继续道，"很显然，以前你去过，所以他才这么说。对你来说，在狭窄的水管印上骑车并不难。哪怕你歪了一两下，也可以说是水管拉动时留下的痕迹。当然，你得把自行车从鸡舍扛到水泵房，免得在院子里留下车辙。骑车时，你把棍子夹在胳膊底下。杀人后，你沿原路返回。只要一直顺着水管印骑，就不会留下痕迹。你没有留下任何线索，除了一根鸡毛。可能是车子在鸡舍沾上的。一想起你昨晚把自行车放在废弃的鸡舍，再想到那根鸡毛，我就全明白了。"

"跟钱无关。"她终于说道，"跟钱没关系。他对我姐姐太残忍

① Gilbert Keith Chesterton（1874—1936），英国小说家，创作了推理小说集《布朗神父》系列。

了。你可能也注意到了，她过得有多不开心。有时候，他喝醉酒的话，还要打她。她离不开他，所以，我唯一能做的就是，杀了他。”

“你打算向警长自首吗？如果你不去，我也要告诉他。”

我们回到大屋后，詹妮弗去找警长坦白，我则和父母一起离开。回镇的路上，我们看到那头十二叉的野鹿在树林边缘奔跑着。我父亲让我停车，他好开枪猎杀它。但是，我压根儿没停。

⋆　　⋆　　⋆

“那是我父母最后一次到北山镇来看我，”山姆·霍桑医生最后说道，“他们说，在城市里生活安全多了。啊，酒瓶空了。不过，下次你来，我会开瓶新的。下次，我再跟你讲个奇怪的案件。这次，蓝思警长总算自己破了一次案。”

26

干草堆里的神秘尸首

“我答应过，这次要跟你讲讲蓝思警长自己破的案子。”山姆·霍桑医生新开了瓶白兰地，倒了两杯，坐在他最爱的椅子上，娓娓道来，“噢，我也破了案，但蓝思警长抢先了一步。不过，这就说远了，我还是从头说起。故事发生在北山镇比较安静的时期，快八个月，本镇没出一起谋杀案或其他严重的案件……”

★ ★ ★

那是一九三一年的七月，大萧条[①]席卷全国，北山镇的人们却度过了一个平静得乏善可陈的夏天。最大的新闻就是，镇外的荷兰树林里来了头大黑熊，经常袭击附近农民的家畜。当时，北山镇已经有了专业兽医。小伙子名叫鲍勃·维切尔斯，比我小几岁，为人和气。他到处忙活，诊治那些被黑熊咬伤的牲口。还能救的就尽量救，救不了的就杀掉。

① Depression，1929 年至 1933 年间全球性的经济大衰退。

那天，我去圣徒纪念医院看两个病人。其中一个刚刚生了对双胞胎，另一个刚做完小手术。当天下午，天气又热又闷，眼看雷雨将至。我驾车路过科博山[1]路时，看到农民们纷纷在干草堆上搭帆布盖，免得草堆被突如其来的大雨淋湿。

我认出其中一个又高又瘦的家伙是菲利克斯·博内特。他正往地上打桩，好固定住帆布盖。我把斯图兹轿车停在一边，跟他说话。菲利克斯足有六英尺高，皮肤白皙。在地里忙活时，他总戴着宽边帽。我常跟他说，如果他停住不动，肯定会被错认成稻草人。他话不多，对我倒是经常说笑几句。自从我到北山镇，他就在种地。他家的农场超过三百英亩，是本郡最大的农场之一。

“忙着遮挡干草堆呢，菲利克斯？”我大声说着，跳过一个水坑，朝他走去。

“没错。”他说着，放下长柄大锤，在围裙上擦着汗湿的手掌。

“最近见过那头熊吗？”

他吐出一口烟渣，摘下草帽，擦了擦额头。要听到他回答，得耐心等半天，似乎每个字都要先经身体过滤。“没少见。昨晚还咬死我一头猪。维切尔斯医生正在我家呢。”

“太糟了。”我在日头下眯起眼，看了看远处，兽医的马车就停在博内特家的房子旁边，“我想去跟鲍勃打个招呼。”

“顺便告诉萨拉，我马上回去。遮完这个，只剩离家最近的那个干草堆了。我马上就过去。”他很少一口气说这么多字，说完后

① Cobble Mountain，美国康涅狄格州肯特市的山麓，适宜山间健行。

又陷入沉默,朝手上吐了口唾沫,抡起大锤,继续在草堆周围钉起木桩来。我看了一会儿,然后朝汽车走去。

到菲利克斯家后,我把车停在鲍勃·维切尔斯的马车后面,惊得马一跳。马车上装满了兽医用的工具。主屋的纱门没上闩。敲了半天没人应门,我干脆直接走了进去。乡村医生总是不请自入。等我看到萨拉·博内特和什么人在沙发上纠缠时,想退回去已经来不及了。

鲍勃·维切尔斯飞快地站起来,尴尬地整整衣衫,羞愧地说:“你好啊,山姆。我没听到你进来。”

“我敲了门。”我向他们保证说。

萨拉·博内特比丈夫年轻得多,但比维切尔斯也要大上十来岁。她站起来,拨了拨柔软的棕色发丝,镇定自若地说:“需要我帮忙吗,大夫?”

“我刚刚和菲利克斯聊了聊,他说鲍勃在这儿。昨晚黑熊又来袭击了?”

“咬死了我们一头猪,还抓伤了另外一头。”她说,“维切尔斯医生刚刚处理完。”

维切尔斯好像急着赶我走。他把我带向门口,说:“山姆,我们得想个办法对付这头黑熊。不然,总有一天它会伤人。蓝思警长能不能组织队伍,猎杀黑熊?”

我们来到前门廊上,走向灰尘仆仆的车道。鲍勃·维切尔斯比我矮,但他步伐频率很快,催我赶紧离开。我怕他提到刚刚的尴尬场面，赶紧接过黑熊的话题："警长倒是喜欢猎鹿，不过，我猜他大概不会猎熊吧。"我说，"那畜生闯进猪栏了？"

"当然。来吧，我带你去看。"

猪栏在谷仓一侧，离主屋一百英尺左右。走近之后，我发现围栏都被撞倒了。"说不定今晚它还会来，"维切尔斯说，"那家伙摸熟路了。"

"嗯，得给警长打个电话，"我说，"我去主屋里借用下电话。"

我刚转过身，他突然说道："山姆，我——"

"怎么，鲍勃？"

"没什么，你还是赶快给警长打电话去吧。"他走上前去，查看受伤的猪。

我回到主屋时，萨拉在厨房里叫道："是鲍勃吗？"

"不，博内特夫人，是我，霍桑医生。我借一下电话，可以吗？有事报告蓝思警长。"

她走上阳台，脸色苍白而恐惧："出什么事了？菲利克斯该不会——"

"不，不，是熊。"我赶快安抚地说，"鲍勃认为黑熊今晚会再来。也许蓝思警长可以预先布下陷阱。"

"哦！当然。电话就在这儿。"

我拿起话筒，要了蓝思警长的号码。接通后，我把黑熊闯进猪栏的事原原本本告诉了他。"我看我得来一趟，帮博内特一把。"

他赞同我的看法，“本来黑熊骚扰农家不在我管辖范围内，不过最近大家都深受其害。而且，过几个月又该选举了。”

我不禁失笑：“如果你脚踏在熊的尸体上，拍张照片，当然是最好的竞选海报。就像泰迪·罗斯福[①]。”

“没错，”他越发热心了，“跟他们说，晚饭后我就过去。”

我挂上电话，把警长的话转告给萨拉。

这时，屋后传来一阵嘈杂声。我还以为菲利克斯干完农活儿回来了，结果，来人是哈尔·佩里。他有点像博内特农场的雇工，又有点类似佃户。在农场另一边住着一栋小房子，自己种着一片地。不过，他也帮博内特干些琐事，在农忙季节帮忙耕种、收割之类的。我总觉得他有些神秘兮兮、躲躲藏藏，像是在逃避什么。

“你好，大夫。”他招呼我道，“有人病了？”他从外套口袋里掏出一把烟丝。

“没有。我过来跟维切尔斯先生聊聊熊的事。你从你房子这头看到什么没有？”

“就只看到地里的脚印。我跟你说，它块头大着呢——又壮又凶恶。”佩里说着，缓缓走开。他低下没几根毛的脑袋，走入厨房。

① 即美国总统罗斯福，小名泰迪。他和黑熊还有一段故事，1902年他打猎时一无所获，同行的人员为了安慰他，便将一只小黑熊绑在树上让他射杀，但他不忍心下手。这件事后来被一位漫画家刊载在邮报上，结果罗斯福总统拒绝猎杀黑熊的事件，却引发一股热爱熊的风潮，之后便以罗斯福总统的小名“Teddy”为名，称小熊为“Teddy Bear”。泰迪熊“Teddy Bear”后来成为了家喻户晓的绒毛玩具。

萨拉·博内特一等他走远，忙着摆弄完水泵后，就对我说："关于你刚刚看到的——"

"我什么也没看到，博内特夫人。"我安抚地说。

"谢谢你。"她柔声说完，转身离开了。

我刚离开房子，菲利克斯就回来了："你还在啊，大夫。留下来吃晚餐怎么样？"

"不，我不想麻烦博内特太太。"

"根本不麻烦！没准维切尔斯大夫也愿意留下来。你们俩可以聊聊，说说给人看病和给家畜看病有什么不同。"

"马有四条腿，"维切尔斯走上前来，说，"这是唯一的区别。"

"还有一个区别，"我说，"马不能开口说话，告诉你它哪儿不舒服。"

"有些人也说不出来，或者说，你听不懂他们的话。"鲍勃·维切尔斯回答道。

萨拉走上门廊，菲利克斯坚持要她多摆两副餐具。博内特夫妇没有孩子，大部分时候就他们两口子一起吃饭，最多加上哈尔·佩里。经过了刚刚的尴尬，我本来不想留下来，但禁不住维切尔斯也加入劝说的行列。

我们围坐在厨房里的大橡木桌前，等萨拉烤好火腿，端上桌来。我经常受邀去病人家吃晚饭，但在博内特家吃饭还只是第二次。餐桌上的对话气氛有点紧张，也可能是我的想象而已。我们正准备开始吃饭后甜点——萨拉著名的覆盆子派——突然听到门外一阵响动。一辆福特 T 型车[①]停在了我的斯图兹后面，刹车没踩稳，一头撞在斯图兹的防撞条上。

菲利克斯和我一起出去看怎么回事。还好，我的车没事。不过，福特车的司机一点歉意也没表示，我还真有点不快。那家伙个头不高，胡须又硬又黑。他根本不理我，直接对菲利克斯说："你不记得我了，是吗？"

博内特站在门廊楼梯最高处不动。"我当然记得你，罗森嘛。"他低声说，"你怎么回来了？"

罗森胡须掩盖的唇边扬起一抹笑意，那根本不是开心的笑。"我刚出狱，菲利克斯。九年了。还记得吗？我告诉过你，一出狱就来找你。"

"从我的土地上滚开，罗森。"菲利克斯·博内特平静地说。

"哦，得了。我现在可不怕你。"

博内特转过头，喊道："哈尔，出来一下！"

哈尔·佩里推开纱门走了出来，在门廊上站定。佩里块头很大，看起来能把罗森劈成两半。不过，他倒是没做出什么威胁的举动。罗森一直保持着微笑："菲利克斯，这就是你的新保镖？他住在原来我住的房子里吗？"

① 美国福特（Ford）汽车公司于 1908 年开始推出的一种车型，用生产流水线代替手工制造，降低成本，销售取得了很大成功。T 型车得名于福特公司选择了使用锡片（Tin）来做压模，再用于焊接和组装。

"再告诉你一遍,从我的土地上滚开。"

"你听到他的话了。"哈尔·佩里说。

罗森略一犹豫,像是考虑下一步该怎么办。最后,他决定让步:"好吧,不过,菲利克斯,我和你还没完。下次我趁你一个人的时候,会再来。就在不久的将来。"说着,他回到车里,倒车离开了。

"这是怎么回事?"回到餐桌前,我问博内特。

"是你来北山镇之前的事了,大夫。"菲利克斯坐下来,系好餐巾,说,"我一直很愿意帮别人。比如那些刑满释放人员,想给他们重新开始的机会。杰克·罗森也是其中一个。当时,他就住在现在哈尔住的小房子里。自己种一块地,也帮我干点零工。他因为误杀入狱二十九年,刚刚假释不久。入狱的原因是在一次打斗中,失手杀了前雇主。假释时,他还剩下九年刑期。一开始,一切都还好。不过,有一天他喝醉了酒,去纠缠萨拉。我不知道他目的何在,但为以防万一,我报告了假释官。因此,他被送回监狱,服完剩下的刑期。回监狱前,他发誓一出狱就来找我报仇。"

"我从没想到还会见到他。"萨拉说,"都过去这么久了,他还放不下怨气。"她眼睛盯着盘子,不肯接触我们的视线。

"他不会再来了。"佩里说,"我了解他这种人。"我突然想到,也许佩里也坐过牢。

"希望如你所说。"博内特说,"他就会找麻烦。"

鲍勃·维切尔斯朝厨房窗外看了看:"蓝思警长来了。你最好跟他报告一下。"

警长如约前来，把车停在我的斯图兹后面。进门时，我发现他带着一把猎枪。“我来了。”他宣布说，“准备好猎杀黑熊。”

我们沉默了一会儿。萨拉第一个开口：“警长，我们还遇到点别的麻烦。我丈夫刚刚被人威胁了。”她把罗森刚刚来的事详细告诉了警长。

蓝思警长在北山镇的时间当然比我长。他一下就想起了杰克·罗森。“我们把他送回过监狱一次，如果他再冒坏水，我们还能干上第二次。”他接过萨拉的覆盆子派，有滋有味地享受起来。之后，萨拉和鲍勃留在屋里，其他人一起走了出去。

菲利克斯·博内特似乎打算低调对待杰克·罗森的事。他更愿意聊黑熊的威胁。“你打算住上一晚陪我们除掉它吗，警长？”

“当然。”

“我看，你最好待在后门廊上，守着从猪栏到干草堆那一带。哈尔留在他的房子里，看住田地另一头。我呢，就躲在谷仓里。如果它敢再来，我们从各个方向一起开枪，肯定能干掉它。”

“不过，你们得小心点，不要打中彼此。”我警告道。

夕阳从西方的天际慢慢沉入一片黑云中。博内特这才想起手头的活儿还没干完：“该死，哈尔，我忘了把最后那个干草堆盖好。我们最好赶快去，趁下雨前弄完。”

蓝思警长和我回到屋里。维切尔斯和萨拉谈得正热烈。我看准时机，谢过她的晚餐后，准备告辞。我让蓝思警长挪下他的车，我好开出去。

“再过几分钟，我也打算告辞了。”维切尔斯说。

蓝思警长点点头：“我把车开到主路上去，把门口的通道空出来。”我们和萨拉又聊了几句，然后离开。

蓝思警长和我走向车边时，我看到菲利克斯·博内特戴着草帽，又在地里忙活着，用帆布盖遮住离主屋最近的干草堆。“再见，菲利克斯！”我叫道，“今晚好运！”

他对我挥挥手，又埋头苦干起来。等蓝思警长一把车挪走，我也退了出去。开走前，我看到菲利克斯已经干完了手头的活计，朝田地另一边，哈尔的小房子走去。

天黑得差不多了，我回到镇上时，雨点已经落了下来。路上，我看到杰克·罗森的福特车停在路边高高的草丛里。但汽车周围，没见到他本人。

我十二点左右上床，一睡着就开始做梦，梦里全是干草堆和黑熊。突然，一阵电话铃声把我惊醒。医生经常遇到这种事，我翻身下床，接起电话，以为有人生了急病，或者爱玻护士通知我有人受伤之类的。

不过，电话里的声音我差点儿没听出来，声音很微弱：“大夫，我是菲利克斯·博内特。帮帮我。”

“黑熊又来了？”我问。

“不，是——”电话就此突然断了。

我马上拨打他家的电话。电话响了几声之后，蓝思警长终于接了起来。我问警长，博内特在哪儿。“他在谷仓里，大夫。几小时前我看他进去的。还没看到熊的踪迹。”

“谷仓里没有电话吧？”

“没有。”

“刚刚，博内特不知从哪里给我打来电话。听起来，他好像碰到麻烦了。”

“我去看看他。等下打给你，大夫。”

我坐在床边，等着警长回电话，想象着警长在谷仓里可能看到的恐怖画面。五分钟后，电话打回来了。他说：“博内特不在谷仓里。萨拉说他也不在楼上卧室。大夫，你认为他出事了？”

“我也不知道。我最好开车来一趟。你快去问问佩里，他可能看到了什么。”

“你认为是罗森回来了？”

“他就没离开过。我回家路上，看到他的车停在一英里外。”

“你该通知我们一声。”

“警长，我本来以为有你在，他不敢轻举妄动。我马上赶来。”

暴雨并没有下起来，这时雨已经停了，夜空中升起了一轮圆月，朦胧的月光洒在地面上。我喜欢在这样的夜晚开车。道路空荡荡的，视野也不错。接近福特车停放处时，我特意留神看了看，却什么也没看到。如果它还在，肯定也停到树林更深处去了。黑夜之中看不清楚。转过一个弯之后，博内特的农场出现在眼前。

我本以为蓝思警长会出来接我。结果他仍守在后门廊的岗位上，一心一意等着黑熊。哈尔·佩里和他在一起。是萨拉穿着睡衣来给我开的门。

"找到菲利克斯了吗，萨拉？"我问。

"没。我很担心，山姆大夫。"

"我们会找到他的。"我向她保证道，心里却没底。

我走出后门，去和蓝思警长及哈尔·佩里聊聊。

"自从他进了谷仓后，哈尔什么也没看到。"蓝思警长对我说，"我的估计是，他听到什么动静，追着熊进了树林。"

"或者去追杰克·罗森了。"我说。

佩里摇摇头："他不会一个人去。"

"告诉我，我离开之后发生的一切。"

蓝思警长耸耸肩："没什么好说的，大夫。博内特盖好那边的干草堆之后——"

"当时我还在，我看到了。"

"下雨前，他在田里转了转，走向佩里的房子，冲他喊了几句。"

"他说什么？"我追问道。

"他让我注意，拿上猎枪守好位置。天黑了，我们得准备应付熊的突袭。我告诉他，一切准备就绪。"

"他进屋没？"

"没有，他站在五十英尺外，冲我喊话。我也没出去，就告诉他已经准备好了。然后就开始下雨了。他转身朝谷仓走去。"

萨拉在门口听我们说话。我转过头，问她说："他没回主屋吧，萨拉？"

她回答前，犹豫了一下："没有。晚餐后我就没见过他。"

"维切尔斯待了多久？"

"你离开之后，他就待了几分钟。"

"菲利克斯进了谷仓后，你们就没人见过他？"

"没有。"佩里肯定地说。

"这么说，杰克·罗森，或者别的什么人，完全有机会趁他不备摸进谷仓。"

"你忘了电话的事。"蓝思警长说。

佩里突然打断了我们。他指着月光下的田野说："我看见有什么东西在动。可能是菲利克斯！"

我瞪大眼睛，看到有个黑影在树林边微微晃动着。"那边有东西。"我压低声音附和道。

过了一分钟，蓝思警长低声道："依我看，那是黑熊！"

那畜生从田野的另一边直冲过来，走起来摇摇摆摆，一看就知道是黑熊。远远看去，就是个黑影从树林里慢慢挪了出来，但毫无疑问，那肯定是头熊。"它直冲着猪栏去了，"佩里说，"我尝试绕到它后面去。等它进了猪栏，警长，你先开枪。如果没打中，我再趁它逃回树林前伏击它。"

黑熊一直来到离谷仓约一百英尺处。突然，它毫无预兆地改变方向，奔向干草堆。"它这是要去哪儿？"警长不知所以。

“在干草堆边嗅来闻去。”我说，“你能开枪打中它吗？”

“我得再靠近点。”他离开门廊，小心翼翼地慢慢朝前挪动。

我生怕黑熊察觉他的举动，还好，那畜生注意力全在干草堆上，用爪子挠起帆布盖来。蓝思警长走到离熊五十英尺左右的地方，终于惊动了那畜生。警长马上单膝跪下，飞快地瞄准、开了一枪。紧跟着，哈尔从果园方向也开了一枪。黑熊发出一阵惊天动地的吼叫，东张西望。蓝思警长趁机又开了一枪。黑熊终于转过身，朝树林处逃去。跑了不到二十英尺，它就轰然倒地，一动不动了。

“好枪法。”我们围拢在黑熊尸体旁，佩里对警长说。

“你也不赖。最好冲它脑袋再来一枪，以防万一。”

佩里依言而行。之后，我们凑得更近。好家伙，那畜生肯定有两三百磅重，躺在地上，死透了。“警长，可以拍你的竞选照片了。”我说。

萨拉·博内特远远地跑过来。“找到菲利克斯没有？”她问。

“还没有。”蓝思警长说，“如果天亮后他还不出现，我们就组织人去树林里找。”

不过，我有个主意。“萨拉，你先回房去。”我温和地对她说，“熊的死相不好看，别吓着你。”

她不怎么情愿地离开了。两个男人转过身看着我。“你有什么主意？”佩里问我。

“我想看看那个干草堆，看看黑熊为什么要挠帆布盖。”

月光下,我们三人静静解开固定帆布的绳索。乍一看,里面只有干草,再无其他。不过,我还是坚持把帆布拉开一边。警长和佩里用枪托轻轻地拨动干草,终于,在草堆顶部,发现了尸体。

死者是菲利克斯·博内特。从胸前的伤口来看,致命伤是干草叉造成的。

发现尸体时,已经是凌晨两点了。不过,要做的事情还很多。最难的是把消息通知萨拉。她的悲伤和眼泪看起来真心实意。不过,经过下午目击的场面,我不知道自己能信多少。

"我得问你几个问题。"我说,"你跟我说,也许比跟警长说容易点。"

"你认为我跟谋杀有关?"

"不,没有直接关系。"

她立刻明白了我的意思:"鲍勃! 你是说,凶手是鲍勃?"

"我没这么说。不过,也许我们该打电话通知他。我认为他最好来一趟。"

蓝思警长进来时,她正在给鲍勃打电话。"怎么回事?"

"我认为,鲍勃·维切尔斯最好来一趟。"

"维切尔斯医生? 他来干吗? 熊都死硬了。"

"他下午来过。我认为,他是嫌犯之一。"

蓝思警长摇摇头:"知道吗? 大夫,这又是一起你所谓的不可能犯罪。"

“怎么说？”

“我们都看到菲利克斯用帆布把干草堆盖起来。而现在，他死在了草堆里。不过，该死，大夫，你离开之后，我一直坐在后门廊上，留神着黑熊——甚至天还没黑尽我就在这儿了。见鬼，如果凶手想把尸体藏进草堆顶部，他总得解开帆布盖吧？”

“这个，你上厕所总离开过吧？”

“我没上过厕所！”

“要不就是去厨房倒咖啡？”

“也没去过！”

“要不然，就是你睡着了几分钟。”

“我一直精神抖擞！”他恼火地说，“听着，你也注意到了，我们三个人想揭开帆布盖都大费了一番周折。凶手必须解下来，再盖回去。”

“还有其他可能性。”我指出，“干草堆背面，从后门廊上根本看不到。虽然今晚月色明亮，但毕竟是夜晚。凶手可以拖着博内特的尸体，穿过田野，从干草堆背面，把尸体塞到帆布盖下。”

“你心里清楚，这不可能，大夫。菲利克斯的尸体在草堆顶部。而且，田里因为下雨，还有些潮湿。虽然脚印看不清楚，但如果凶手拖着尸体，哪怕能避开我和哈尔的眼睛，在地上也会留下痕迹。而且，你别忘了，哈尔从另外一头监视着草堆呢，有人从背后靠近干草堆，他一定看得到。”

“如果凶手就是哈尔呢？”我问警长，“你调查过他没？”

萨拉·博内特打完了电话,替警长回答了:"菲利克斯总想帮助那些不幸的人。后面那栋小房子,他总是留给那些想重新开始的刑满释放人员。杰克·罗森的事进行得不顺利,但我鼓励他再试试。哈尔和我们一起生活了九年,从来没闹出过麻烦。"

"他为什么坐牢?"

"我可以向你保证,他不是罗森那种杀人犯。好像是盗窃之类的。"

"他住的房子里有电话吗?"

"没有。他需要时,总是到主屋来打电话。"

"你问电话的事干吗?"警长问。

"还记得我告诉过你的事吗?菲利克斯死前,不知从何处给我打了个电话。这么看来,电话很可能是从主屋打来的。"

"我就在后门廊上,要是他进来,我肯定看得到。"

"不一定。他可以绕到房子前面,从前门进来。"

"如果他要求救,我就在后门廊上,他干吗费这么大麻烦给你打电话?我端着猎枪呢,还保护不了他?"

"我也不知道,"我说,"听着,我有个主意。他要打电话,肯定要摇动手柄。我打算做个试验,看打电话的声音能不能传到后门廊,或者二楼卧室里。你和萨拉可以回昨晚待的地方去吗?"

我试着摇了三次电话手柄,后门外和二楼卧室都听不到。也就是说,死者有可能瞒过他们,从主屋打电话给我。不过,这并不能证明事实就是如此。

跟着，我打电话给医院，让他们派车来拉走尸体。我想赶紧尸检，确定死亡时间。打完电话，我走出门去，问哈尔·佩里几句话。“你犯过法，对吧。”我说。

“没错。我在以前工作的地方偷了些钱，坐了几年牢。菲利克斯对我太好了。他关心我，希望我重新开始。”

我正想问点别的，突然，谷仓里传来一阵喧哗。“快来！”我领头跑了起来。听得出来，那不是野兽的叫声，而是有人撞到耙子和干草叉发出的惨叫。

“我有枪！”我从谷仓里吼道，“举起手，走出来！”

沉默了一阵，一个人影走了出来。原来是杰克·罗森，穿着和昨晚一样。看清我们之后，他放下手，说：“完全不用开枪。我掉进了最古老的陷阱！”

“你回来干什么，罗森！”

他斜眼看了看我：“你是那个大夫，不是吗？这个，我回来，是想跟博内特算点老账。”

“看来你的复仇计划进行得顺利嘛。我们在草堆里找到了他的尸体。”

“什么？真不敢相信。”

“是真的，”我肯定地说，“你就是头号嫌疑犯。”

“我可不想杀他，就想狠狠揍他几拳，谁让他搞砸我的假释。想想看，如果我真想杀他，怎么会大张旗鼓地宣扬？”

“有道理。但也许你就那么笨。”我转身对佩里说，“把他带回主屋再说。”

一行人刚走到房屋一侧的门廊，一辆汽车驶到门口。来人是鲍勃·维切尔斯。他没驾下午的马车，而是开着他的帕卡德[1]轿车。

“怎么回事？”他问，“萨拉说有人杀了菲利克斯。”他看了看罗森，认出他来，“是他干的吗？”

“还不知道。”我说，“最大的问题是，凶手的手法是什么。”

“萨拉说凶器是干草叉。”

我飞快地回想了一遍，有没有跟萨拉提过凶器的事。没错，我提过。“对，”我说，“不过，尸体藏在盖着帆布的干草堆里。我们搞不清楚，凶手是怎么办到的。”

进屋后，维切尔斯试图安慰萨拉。我听不清他说了些什么，但过了一会儿，萨拉走进食品储藏室。她没把门关严，我从门缝里看到，她从架子上拿起个东西，扔进垃圾筐。等她出来后，我不动声色地溜进储藏室，从垃圾筐里捡起她扔掉的小包，偷偷放进口袋。

我回客厅时，医院的救护车刚到。蓝思警长边带人去抬尸体，边对我说：“等天一亮，我们就打算四下搜查，拍拍照片。现在太黑了，什么都看不到。”

“我不能留太久。天亮后佩里可以处理黑熊的尸体。”他皱皱眉，看着我说，“你怎么看，大夫？尸体是怎么跑进草堆里去的？”

“你知道我一贯的手法，警长。”我模仿畅销侦探小说里神探

① Packard，美国著名豪华轿车品牌。第一辆帕卡德轿车出产于1899年，最后一辆出产于1958年。

的模样说，“开动脑筋，好好思考。”

蓝思警长怏怏不乐地说：“能说得具体一点吗？”

我微笑着说：“夜里黑熊的怪异举动。”

“啊？”

“还有杰克·罗森先生茂密的胡须。”

“见鬼，你到底在说些什么？”

“好好想想吧，警长。”说着，我走向车边。

菲利克斯·博内特的尸体被送到了医院。其实，根本用不着进一步尸检，但我还是想检查检查，证实一个猜想。他穿着白天穿的衣裳，帽子不见了。死后，他整个人看起来小了一圈。验尸时，尸体已经冰凉了，死后僵直和尸斑也已出现。正如我所料。

这时候，我已经确信自己洞悉了真相。我必须告诉蓝思警长。抱着试一试的心理，我往监狱打去电话。还好，蓝思警长已经回去了。“你好，大夫。我还是弄不明白你给的线索。”

“我可以过来一趟，详细解释给你听，警长。反正今晚我们睡不了多久了。”

“这个，大夫，不用麻烦你了。你瞧，不需要你的提示，我已经破了案。”

“什么？”

“你离开后不久，我就逮捕了嫌犯。他全招了。”

“该死！”我说，“我马上过来。”

警长坐在办公室中间，容光焕发："大夫，我总算破了次案。"

"快跟我讲讲。"

"先别忙，跟我解释解释你所谓的线索。夜里黑熊偷袭的事故别有深意？"

"好吧。黑熊被博内特的尸体气味所吸引。在我看来，这意味着博内特已经死了一会儿——至少几小时。刚死的尸体，还藏在帆布下，不可能引来黑熊。"

"也许吧。"蓝思警长不太肯定地说，"那胡子又是怎么回事？"

"罗森胡子浓密，我认为，这证明了他早前说的是真话——他只想揍博内特一顿，而不是想杀了他。想想看，监狱不许犯人留胡子，既然他胡须这么长了，也就是说，他已经被释放有几个礼拜，甚至几个月了。如果他日思夜想的就是杀掉害他的人，怎么可能等上这么长时间？"

"没错。"警长同意我的说法，"确实是这样。"

"你逮捕了谁？"

他笑起来："这么说，你还不知道凶手是谁，大夫？"

"警长，破案的人是你，我想听你亲口说。"

"好吧。为什么我们认为这是一起不可能犯罪？因为我们弄错了菲利克斯遇害的时间。凶手根本不必揭开帆布盖，把尸体藏进去。因为，帆布还没盖上之前，菲利克斯已经遇害了。也就是说，昨晚你离开农场之前，他已经死了。"

他说对了。他破解了看似不可能的迷案，完全靠他自己的力量。“不过，我们都看到了，当时他还活着。”

“不，我们没看到，大夫。我们看到的是凶手，戴着博内特的大草帽，遮住了头发和脸。博内特离开主屋，走向干草堆。凶手穿着和他一样的外套，等在那里，用干草叉刺死了他。然后，凶手戴上死者的草帽，把尸体藏进干草堆，再盖上帆布盖——凶手的把戏只需要几分钟，没人看到。我认为，凶案现场就在草堆背后，主屋刚好看不到。”

“凶手是谁？”

“大夫，你和我一样心知肚明。不可能是萨拉或鲍勃·维切尔斯，他们俩都比你矮。也不可能是杰克·罗森，他也不高。只可能是哈尔·佩里，他和死者差不多高。他们进屋的时候都得低下头，免得撞在门框上。”

“没错。”我附和道，“就是佩里。他交代动机了吗？”

“当然。多年来，他一直在偷菲利克斯的钱。他替菲利克斯卖掉农产品时，总会截留一部分。博内特起了疑心。佩里怕再进监狱。罗森出现后，他看到了绝佳的机会。他在草堆边，用干草叉杀死菲利克斯，然后戴上死者的帽子，装成死者。远远看去，我们还以为盖帆布的人就是菲利克斯。他只需要把尸体藏到第二天早上，再偷偷弄进树林里，布置成被罗森偷袭的样子。不过，在那之前，黑熊的到来破坏了他的计划。”

我点点头：“佩里穿着和博内特一样的外套，草帽遮住了他的脸和黑头发。远远看去，确实很像博内特。我离开时，他冲我挥了挥手，但没说话。你说，他朝小房子走去，边走边喊佩里——装作喊佩里。因为佩里当时应该在室内，所以你并没有看到他们一起出现。然后，他进了谷仓。午夜时分，他从前门溜进主屋，给我打了个电话，让我以为电话那头的人是博内特，好证明他在那个时刻还没死。然后，他再偷偷溜出去，在我回电话，和你接上头之前，溜回了自己的小房子。”

“万一我们提早去谷仓怎么办？我是说我，或者萨拉。”

“他可以说博内特去了树林。计划本来天衣无缝，但被黑熊的到来破坏了。你是怎么想到凶手假扮博内特的？”

警长自豪地笑了：“出卖他的是那顶草帽。菲利克斯戴草帽是为了遮阳。而菲利克斯去盖草堆的时候，天空乌云密布。我问自己，为什么他要戴草帽？一下子就明白了真相。”

两天后，我参加了菲利克斯的葬礼。葬礼结束后，我再次前往博内特农场。鲍勃·维切尔斯和一些朋友、邻居都在。我瞅着一个空，在厨房里单独找到萨拉，从口袋里掏出一个小包，放在手掌心里给她看。

“那天晚上，我看到你偷偷丢掉它。”我小声说道。

“什么？”她想来抢，我赶紧握住拳头。

“这是兽医用在谷仓周围，毒老鼠的新型鼠药。是鲍勃·维切尔斯给你的，对吗？我们发现菲利克斯的尸体后，你觉得鼠药没用了，所以扔掉了它。”

“我——”她想开口，但似乎说不出话来。

“可怜的老菲利克斯，有那么多人想他死！”

我出门，开车回家。当晚，我把鼠药丢进马桶里，冲走了。

★ ★ ★

“这就是蓝思警长独立破的案，干草堆里的尸体之谜。”山姆·霍桑医生最后说道，“哈尔·佩里被判处二十年徒刑。萨拉和鲍勃·维切尔斯结了婚。她卖掉农场，和鲍勃一起搬到其他地方去了。我再也没听到过他们的消息。”

“几个月后，我给自己放了个短假期。不过，我好像不管到哪儿，都能碰上杀人案。在灯塔玩一玩，也碰上了海盗亡魂作祟。下次你再来喝上两杯，我细细告诉你。”

27

圣诞老人灯塔之谜

“你是说,这次想听个圣诞故事?”老山姆·霍桑医生在精致的水晶高脚杯里倒上酒,“也对,圣诞节快到了。刚好,我一九三一年十二月的冒险故事正适合。故事并不是发生在北山镇,而是在海边的上帝岬[①]……”

★ ★ ★

故事发生在我休假期间。我独自一人驾车,沿海岸线走走停停。这对我来说可以算难得的奢侈。要知道,乡村医生休个假可不容易。不过,圣徒纪念医院开业后,少了几分压力是真的。万一有急诊,病人即使找不到我,也可以去医院。

因此,我开着斯图兹车出发。临行前,我答应护士爱玻,过几天就打电话回来,确定一切都好。那是十二月的第一个礼拜。然而在新英格兰地区的海边,冬天的脚步尚未临近。一场雪都还没

① 马萨诸塞州的一处旅游胜地,以海岸线的美景著称。

下过，气温也维持在华氏四十二度[①]。如同国内其他地区一样，本地也深受大萧条之苦。不过，驾车穿越老式工业城镇后，沿着海岸线继续向北，出现在我眼前的境况也越来越好。

快到普利茅斯[②]时，一块钉在树上的牌子引起了我的注意。牌上写着："欢迎来到圣诞老人的灯塔！"现如今，这种吸引小朋友的广告牌随处可见。但在一九三一年，还没有那么常见。我纳闷，怎么会有这种灯塔，主要功能就是节前给小孩子参观吗？仔细一看，我发现"圣诞老人"几个字有改过的痕迹。这就更让人好奇了。我掉转方向，朝海边的灯塔驶去。

不一会儿，灯塔出现在眼前。白色的建筑从布满岩石的海岸边拔地而起，塔里有微弱的灯光。在它脚下竖着几个一英尺高的木头大字——圣诞老人灯塔。我把车停在早到的两辆车旁，沿着小道走向售票点。卖票的姑娘表情生动，穿着适合圣诞气氛的鲜红衣衫。论年纪，她应该还在读大学。门票不算贵，二十五美分一张。

"几张？"她问道，眼光瞟向我身后的小路，似乎认为后面应该跟着妻儿。

"一张。"我掏出二十五美分。

"如果是全家一起参观，优惠票价是半美元。"

"不，就我一个人。"我指了指牌子，"圣诞节之后，你们管它叫什么？"

① 温度的一种度量单位。

② Plymouth，美国马萨诸塞州的城市，得名于英国同名城市。

“啊，你注意到了，我们更换了标牌。”姑娘含笑道，“它原名撒旦[1]灯塔，跟圣诞节毫无关系。我们把牌子改成了圣诞老人字样。”

我被逗乐了：“改过之后，生意好点了吗？”

“稍稍好了一点。不过，大萧条影响很大。如今，一加仑汽油要卖二十五美分，没多少人愿意阖家从波士顿或普罗维登斯开车过来。”

一个穿着全套服装，胖胖的圣诞老人出现在灯塔门口，咕哝道：“丽萨，你得管管那些孩子。他们总是拉我的胡子，还踢我。”

姑娘叹口气，对圣诞老人说：“哈里，你得有点耐心——总不能一有麻烦，就指望我来帮你。”

我说：“看起来，他不大擅长扮演圣诞老人。”

“他装海盗鬼魂厉害多了。”姑娘表示同意。

“撒旦灯塔里的海盗鬼魂？”

她很快点点头，冲我伸出手：“我叫丽萨·奎尔。那是我兄弟，哈里。关于灯塔，有个很有意思的传说——因此我父亲才把它买下来。”

“埋藏的宝藏？”

“你怎么知道？据说，过去海盗们在海中的礁石上修假灯塔，把船只骗过来。等船只触礁后，再把它洗劫一空。听说，在英格兰的康沃尔郡[2]，也曾有海盗这么干。人们把假灯塔叫做撒旦灯

---

① 圣诞老人的英文是 Santa，撒旦是 Satan，字母完全一样，只有“n”的位置不同，所以很好更改。

② Cornwall，英格兰西南端的一个郡，海岸线狭长，多山。

塔。后来，等真的灯塔修起来后，本地人沿用了那个名字。当然，现在没有海盗了——除了我兄弟假扮的之外。”

我向她作了自我介绍，她则跟我讲了讲本地的风土人情。这姑娘性格外向，不做作，一看就很独立。而且据我观察，还很会照顾她弟弟。“你父亲在家吗？”我问。

她摇摇头：“爸爸在监狱。”

“哦？”

“去年，他因欺诈被控入狱。我也搞不懂。反正，我不信他有罪。但父亲拒绝自我辩护。再过一年，他就能假释了。”

“这么说，现在就你和你弟弟照管这儿？”

“没错。霍桑医生，这就是我全部的人生故事。”

“叫我山姆好了。我比你大不了多少。”

这时，四个顽皮的小孩子从灯塔里跑出来，后面跟着筋疲力尽的圣诞老人。我看着他们爬上等在一旁的汽车，被父母带走。“现在，灯塔里面还有人吗？”丽萨问道。

“没有，空了。”

“我站在这儿跟你闲聊再久，你也挣不到钱。”我把手里的二十五美分放下，“给我张票。”

“来吧，”哈里·奎尔说，“我带你参观。”

灯塔是个狭长的四方形建筑，底大顶小，顶部较尖，外面涂了一层白漆。在灯塔外围着一圈栏杆和步行道。灯塔里面，有座环形铁楼梯，蜿蜒而上。我跟在奎尔后面朝上爬。虽然穿着笨重的圣诞老人服装，奎尔还是比我速度快得多。他把我远远地甩在身后，爬到了第二层。我已经有点上气不接下气，很高兴他带我参观这一层的房间，趁机喘口气。这一层房间装饰成了圣诞老人的作坊。

"我们带孩子来这儿，送他们一些廉价的小玩具。"他说，"休息一会儿，我们再出发去塔顶。"

"节日之外，这间房干什么用？"

"一般而言，这里是灯塔工作人员的卧室——守塔人夫妇之类的。当然，丽萨和我并不住这儿。圣诞节以外，我们把它装饰成海盗的洞穴。"

我看了看旋转楼梯，心里想着，早爬完早结束，于是说道："我们继续吧。"

再往上十二英尺，我们来到了另一层。房间里放着拉盖书桌和木制文件柜，权充圣诞老人的书房。墙上挂着一幅上帝岬海湾的海图，图上贴着北极光模样的贴纸，显眼地标出圣诞老人的驯鹿雪橇降落的地点。房间里还放着高倍单双筒望远镜，可以用来观察过往船只。还有一个双向无线电台，可以用来接收天气预报和求救信号。

"我必须时时刻刻待在灯塔中，留神着小孩子们。"哈里·奎尔说，"这里头有些设备贵着呢。"

"灯塔都没用了，怎么这些设备还在？"

"我父亲出于某种原因，把它们保留了下来。我估计是他的业余爱好吧。也正出于爱好，他才买下这个灯塔。"

我指着塔顶问:“塔顶的射灯还能亮吗?”

“估计不行吧。我没试过。”

我们爬完剩余的阶梯,来到最顶层。在一圈平台中央,安置着探照灯。平台上有金属扶手。不过,一不小心,人还是会很容易掉下去。“你不会带孩子们上来吧?”

“一次只带一个。我很小心,牢牢地握着他们的手。”

我必须承认,在塔顶看到的风景颇为赏心悦目。朝海上望去,海岸呈陡峭之势。在来势汹汹的海风吹拂下,凛冽的海水拍击着岩石,形成了一阵阵白色的浪花。登高远望,上帝岬美妙的海岸线历历在目。我甚至可以看到海湾对岸,二十英里外的海岸线。

不过,冬天的北方,天黑得很早。太阳已经西沉了。“我还得赶去波士顿,最好快点出发。”我说。

“去波士顿干吗?普利茅斯附近可住的地方多着呢。”

我们下楼,在第二层遇到丽萨。“风景怎么样?你喜欢吗?”

“太美了,”我说,“你真应该把票价翻倍。”

“那可就没人来了。”丽萨略带哀伤地说。

“如果射灯还能亮,干吗不打开它!也能多吸引点游客。”

“哦,海岸警卫队[①]可不准。”她四下打扫着,捡起几张孩子们扔掉的糖纸,从一个角落里搜出一卷钓鱼线,几个抓子儿用的石子,“每天关门前,你都能找到些最奇怪的东西。”

---

① Coast Guard,美国海上唯一的综合执法机构,也是当今世界最强大的海上执法队伍之一,隶属于美国国土安全部。

“你弟弟说，我可以在普利茅斯找个地方住。”

“当然。普利茅斯岩石旅馆就不错，老地方了，房间很干净。”她转头对哈里说，“准备关门吧。”

“我最好上楼再检查一下，看门关没关好。”哈里说。

“我和你一起。”

我沿着旋转楼梯朝楼下走去。等了几分钟，本以为他们很快就会下来，结果半天不见人。我有点不耐烦了。灯塔是不错，但我急着继续赶路。

“等一下！”我正准备朝汽车旁走，丽萨·奎尔从二楼窗户叫道。我停下脚步，等着她。

“我本想等着你们，道个别。”我说，“不过天快黑了，我急着赶路。”

“等等哈里嘛。他在换衣服，马上就下来。”

我跟她一起走回灯塔边。她收起折叠式售票亭，朝灯塔里走去。“如果气温持续这么高，圣诞节前，你肯定会迎来不错的客流。”

“希望如此，”她说，“今天下午，你见到的那四个孩子是唯一一批游客。”

“如果你卖团体票，票价优惠点——”

“那是什么？”她突然问道，飞快地跑了出来，“哈里？”她抬起头大叫，“是你吗？”

我们头上传来一阵噪声。突然，丽萨·奎尔尖叫起来。我抬起头，看到一个人影从塔顶平台掉了下来，赶紧朝旁边一闪，顺手拖走丽萨。哈里·奎尔刚好掉在我们适才站立的地方。

丽萨别过脸，尖叫着，双手捂住脸庞。我赶快走到哈里身边，盘算着如果他还有气，怎么叫救护车最快。

略一走近，我就看到他胸口插着一把尖刀，顿时明白，救护车也没用了。

“我不信鬼神。”我们等着警察到来时，她颇为理智地说。我用灯塔中的无线电通知了海岸警卫队，他们答应代为联系州警。我查看了灯塔里的两个房间，甚至连小储藏室也不放过。塔里空无一人。平台上看不出其他人到过的迹象。旋转楼梯上也找不到神秘访客的痕迹。

“我们不必相信鬼神，”我说，“肯定有合乎常理的解释，一定有。你以前见过那把匕首吗？”

“见过。他装成海盗时总是带着，平时则放在储藏室——”

“我检查过储藏室了。海盗服挂在墙上。没人藏在里面。”

“好吧，我不信鬼神。”她又说了一遍。

“警察就快来了。”

她抓住我的手臂：“你不会现在走吧？警察来之前，你不会走吧？”

“当然不会。”我把她从尸体旁领开，免得在警察到来之前，她得一直面对亲人的尸体。看得出，她近乎歇斯底里，说不定什么时候就会昏过去。

“如果你不留下来，替我作证，他们肯定会说我是凶手，”她说，“哪怕找不出动机。”

“我敢保证，警察不会那么说。”我安抚她说。

“不过，这里根本没别人！自然而然，警察会咬定我，你看不出来吗？”

“他被刺中的时候，我和你都在灯塔外面。我会为你作证。”

“说不定，我设下什么机关，等他一踏上塔顶平台，就触发机关，发射飞刀刺中他。”

我摇摇头：“不久前我才和他一起到过平台。而在他死后不久，我又上去过。上面根本没有什么机关。平台上空无一物，什么也没有。”

“那他怎么死的？谁是凶手？”

我还来不及回答，就看到两辆警车和一辆救护车呼啸而来，车灯光线划破了微黑的夜空。面对警察，我把所见所闻详详细细地说了一遍，丽萨也一样。州警们举着手电四下查看，检查尸体，不时提几个问题。然后，他们准备搬走尸体。看得出，警方可没考虑凶手是海盗鬼魂的可能性，也没觉得本案是不可能犯罪。我由衷地怀念起北山镇的老朋友蓝思警长来。至少，他思维并不狭隘，各种可能性都不轻易放过。

“你兄弟有仇人吗？”一位警官问道。

“不，根本没有。我想象不出有谁会伤害他。”

“你能不能告诉我，他怎么戴着假胡子？”

“他扮成圣诞老人，哄小孩。不幸发生前，他正在换衣服。”

问话的警官名叫斯普林戈尔，身体颇为结实。问完丽萨后，他对我说：“你就是霍桑医生？”

“没错。”

“你说自己是路过，开车四处观光？”

“是的，我在度假。”我说，“我在北山镇开业，就在康涅狄格州界那边。路过本地，偶然看到圣诞老人灯塔的招牌，临时起意过来看看。”

“以前认识死者或死者姐姐吗？”

“不认识。”

他叹口气，看了看怀表，也许他还没来得及吃晚餐：“好吧，如果你们说的都是实话，看起来只是个事故。也许他滑了一跤，摔在刀子上，然后从平台上摔了下来。又或者，他是自杀。”

“不可——”丽萨刚一开口，我推了推她，让她闭嘴。警察好像没注意到。

尸体被运走后，她说：“我得通知父亲。”

“你打算怎么去？他在哪个监狱？”

“波士顿附近。我今晚先打个电话，明天再赶过去。”

我下定决心说：“我陪你去。”

“为什么？”

“对于解决这类案子，我还算有经验，可以帮你。”

“不过，根本就没有嫌疑人！你打算从何下手？”

“先从你父亲开始。”我说。

我在普利茅斯岩石旅馆要了个房间，睡得出乎意料的好。第二天早晨醒来，神清气爽。飞快地吃完早餐后，我开车去丽萨和弟弟合住的小房子接上她。“警察早上来了电话，”她说，“他们要我们去警局一趟，正式录口供。”

“我们下午再去，”我说，“上午先去看你父亲。”

“你想从他那儿知道些什么？”

“我想问问，他到底为什么进了监狱，当然还有别的事情。你似乎不愿提起这个话题。”

“我根本没有！”她怒道，“说实话，直到现在，我也不觉得这跟你有什么关系。母亲去世后，是父亲把我们拉扯大。他运气不好，根本没做错事，却被冤枉进了监狱。”

“你说过，他受控欺诈。”

“还是让他跟你说吧。”

因为罗纳德·奎尔遭遇丧子，我们得以一起去见他。他非常瘦削，好像一夜之间就老了。虽然据丽萨说，他刚入狱一年，但从他苍白的面容上看，好像已经被关了很久。一看到他进屋，丽萨就哭了起来。两人拥抱时，警卫尴尬地站在一旁。

“这位是山姆·霍桑医生，”她对父亲说，“事发时，他和我们一起在灯塔。”

老人想知道一切细节,我尽我所能详细地对他说了一遍。他坐在桌对面,不为人察觉地微微摇着头。

“在北山镇,我充当过几次业余侦探。”我说,“我想,也许能帮上点忙。”

“怎么帮?”

“问合适的问题。”我顿了顿,像诊断病情一般揣摩了一下他的心理,然后说,“你因为犯罪进了监狱,而现在,有人对你儿子犯下了杀人罪。我在想,两起犯罪间会不会有什么关联——”

“我不——”他摇摇头。

“我知道,很难相信有人会杀哈里。但既然有人干了,背后肯定有动机。”

“他在这个世界上一个仇人也没有。”丽萨坚持说。

“也许,凶手杀他不是因为恨他这个人,而是因为他做过的事情?”我猜测道。

“你是说,扮演圣诞老人?”

“你说过,他还会扮海盗。而且,凶器也是海盗匕首。”

“到底是谁——”

我打断她的话,对她父亲又提了个问题:“你在灯塔里从事过什么非法活动吗?”

“当然没有,”他毫不犹豫地说,“从一开始,我就否认所有指控,坚持自己的无辜。”

"这么说，你被控的罪名确实跟灯塔有关？"

"非要那么说的话，有很间接的关联。"丽萨说，"我们曾想组建公司，发行股票。一个波士顿人到警局控告我父亲，说父亲声称自己有一百万美元，用于建造游乐场。"

"你真说过吗？"我问道。

"当然没有！哈里曾经建议过，修一座风靡一时的微型高尔夫球场。仅此而已。对此我都表示反对。没人提过什么一百万美元。"

"他们肯定有欺诈的证据。"

他盯着双手："我们印制的招股说明书，只是样本。根本就没打算发布。丽萨可以告诉你，我们在灯塔周围没多少土地——哪怕想修游乐场，也没地方修。"

丽萨叹口气："老爸，检察官之所以咬住你不放，正是基于这个论据。"

我很明白，他提起欺诈的事，就是想转移话题，避开我提问的核心。"暂时别管欺诈了，奎尔先生。你在灯塔还做过其他事吗？"

"我不明白你的意思。"话是这么说，他避开了我的视线。

"我看到那个双向无线电台了，还有高倍望远镜。这两样东西的作用是发现海上的船只，和船只联系，对吗？"

"我为什么要联系——"他说了半截，又改变了主意，"好吧。你好像什么都知道。"

“他们在灯塔卸了些什么货？从加拿大运来的私酒[1]吗？”

丽萨睁大了双眼：“父亲！”

“丽萨，我总得从什么地方挣钱。在灯塔里搞什么海盗和圣诞老人的把戏，从一开始就是赔钱买卖。”

“你跟霍桑医生说，灯塔跟非法活动没有牵连。”

“禁酒令本来就不合理。违反禁酒令，在我看来根本不算犯法。”

“你进监狱后呢？”我问道，“哈里继承了你的走私事业？”

“他对此一无所知。”奎尔坚称。

“那就怪了。一年后，无线电和望远镜都还在。”

“他不愿动房里的摆设，是出于对父亲的想念。”丽萨说，“他希望等父亲回来时，看到一切如故。”

“要走私，你肯定跟什么人有联系，奎尔先生。在你入狱后，这个人会不会联系哈里，继续做生意？”

罗纳德·奎尔沉默了半晌，考虑着这种可能性。“有可能吧，”他终于承认道，“他很可能会做这种事。哈里也很可能答应下来，瞒住所有人。”

“你得告诉我这个联系人的名字，奎尔先生。”

“我——”

“联系人的名字，你必须告诉我。可能正是他联络了令郎，继续走私。也可能正是他，杀害了令郎。”

---

① 1920至1932年间，美国法律明令禁止贩卖酒类，因此黑市贩售的酒类都称为私酒。

“保罗·莱恩。”他终于松了口，“他叫保罗·莱恩。”这几个字说得格外艰难。

“他是谁？我们在哪儿可以找到他？”

“他在海边开了家海鲜餐厅。这是他在波士顿的地址。”

几小时后，我把斯图兹跑车停在波士顿码头。丽萨说：“山姆，你怎么没结婚？”

“我猜，大概是没有在恰当的时机，遇到合适的女人吧。”

“我想问你点事——请你帮个大忙。”

“什么事？”

“你能不能陪我办完哈里的葬礼？我一个人撑不下去。”

“什么时候——”

“后天。如果你着急的话，后天中午就能离开。监狱方面同意我父亲出席葬礼，他们会派个警卫跟着。除此以外就是几个叔叔阿姨。我们家亲戚不多。”

“让我想想。也许可以。”

保罗·莱恩的海鲜餐厅叫莱恩龙虾馆，除了食堂以外，也外卖生龙虾，让顾客回去自己煮。龙虾池后面站着个灰白头发的男人，告诉我们，保罗的办公室在楼上。我们爬上摇摇摆摆的楼梯，来到二楼。保罗正坐在乱糟糟的办公桌后，咬着根粗大的雪茄。乍一看，还有点小政客风范。

“我能帮你们什么？”他取出雪茄，问道。

“我们想买点龙虾。”

“零售请去楼下。楼上只做批发。”他指着满满一冰柜的死龙虾说。

“我们就是想批发。”

他打量着丽萨:“我认识你吗?”

“你可能认识我弟弟,哈里·奎尔。”

保罗·莱恩不善于掩饰情绪。惊讶过后,他试图否认。我不肯放过他:“莱恩,我知道你在做走私生意,眼前这位姑娘的父亲和兄弟都被你拖下水了。”

“去死吧!给我滚出去!”

“我们只想谈谈。昨晚,有人杀了她弟弟。”

“我看报了。报上说,是事故。”

“当时我在场。要我说,那是谋杀。”

保罗·莱恩嘴唇抿得紧紧的:“是吗?如果当时只有你们俩在场,那肯定是你们杀的。”

我靠在他面前的办公桌上:“我们可不是来跟你闹着玩的,保罗·莱恩。我认为,在哈里的父亲因欺诈进监狱后,你开始接近他。要想继续在灯塔卸载私酒,你必须找哈里帮忙。对吗?”

他站了起来,刻意关上冰柜盖子:“我不知道你在说什么,先生。”

也许他是个很好的龙虾商人和私酒贩子,但刚刚的举动太过明显了。等他坐下后,我打开冰柜盖子,取出一只冻龙虾。

“你他妈的想干吗?”他从椅子上跳了起来,咆哮道。

我把龙虾翻过来，果然，龙虾肚子被挖空了，里面藏着一小瓶威士忌[①]。“干得真妙，”我说，“我敢打赌，这是贵店最热销的外卖品。”

说时迟，那时快，我脑袋上挨了他狠狠一拳，踉跄地退了几步，撞到冰柜上。丽萨在一旁尖叫起来。两个凶神恶煞的水手闻声赶到。“抓住他们！”莱恩命令道，“两个都别放过。”

我手里还抓着死龙虾，一把扔到最靠近的男人脸上。“快跑！”我对丽萨大叫道。莱恩从办公桌后冲了出来，想挡住她的去路。我一把将他推开。片刻后，他还是跟着我们跑了出去。三个人都跟在我们身后，紧追不舍。突然，有人抓住我的肩膀——才到楼梯的半中央，我就被抓住了。我绊了一跤，摔下楼梯，胸口着地。

我抬起头，看到其中一人正掏出小刀。紧接着，我看到有人从餐厅里跑出来，抓住那家伙的手腕。

是斯普林戈尔，讯问过我们的州警。“霍桑医生，碰到麻烦了？”他问道。

摔下楼梯时，我摔断了一根肋骨。医生替我包扎时，斯普林戈尔在一旁说，他也去监狱找了罗纳德·奎尔。他到的时候，我们刚准备走。“看你们急匆匆的样子，我打算跟踪一下。我跟着你们到了这儿。”

波士顿警方和禁酒局的官员接手了莱恩的案子。他们查封了几百箱上好的加拿大威士忌。我最后看到莱恩时，他正戴着手铐，被一个警察带走。“是他杀了我弟弟吗？”丽萨问道。

① Whisky，谷物蒸馏出来的烈性酒。

“他并没有亲自下手,可能是命令某个手下办的。我也不知道具体下手的人是谁。不过,我可以描述一下他的模样,并且告诉你们他的手法。”

“我希望你不会说,有人从海边的岩石,远远地朝灯塔顶扔飞刀吧?”斯普林戈尔说。

“当然不,”我说,“灯塔太高了,这种办法不可行。而且,海盗用的匕首不适合用弓箭,或者用类似装置射出去。哈里死的时候,凶手就在他身边。”

“但那不可能!”丽萨说。

“你错了,完全有可能。灯塔里有个地方我们一直没搜查,凶手可以躲在那儿——我说的是书房里的拉盖书桌。”

“一派胡言!”丽萨说,“书桌能有多大,小孩子都藏不进去!”

“没错——凶手就是个孩子。或者打扮成小孩子模样的人。还记得在我之前到达的那群小孩子吗?你难道就不觉得奇怪,父母居然留在车里,让小孩子单独上塔?而且,是在你们有家庭套票优惠的情况下。出来了四个小孩子,我敢打赌,进去的时候有五个。”

丽萨瞪大了眼:“我的天哪,我想你说得没错!”

“其中一个小孩子留在塔中,藏在书桌里。等哈里回去收拾关门时,他下了手。凶手是保罗·莱恩雇的职业杀手。多半他和保罗·莱恩因走私发生了矛盾。我想,在莱恩的记录里,我们可以找到充分的证据。”

斯普林戈尔皱着眉说:“你是说,小孩子做职业杀手?”

“或者是打扮成小孩子模样的人。”我说，“矮个子——也许是侏儒。”

“侏儒！”

“要杀圣诞老人，还有比打扮成小孩的侏儒更好的人选吗？五个孩子进入灯塔，只出来了四个。没人想到有个孩子不见了。那对所谓的父母开着车离开，把杀手留在塔里，隐匿着，等待着杀人机会。”

“好吧，”斯普林戈尔点点头说，“如果莱恩真雇了个侏儒，那很容易查清楚。”他正打算离开，在门口停了下来，回头说，“我打听过你的事了。北山镇的蓝思警长说你是个很不错的侦探。”

他离开后，丽萨·奎尔说：“谢谢你。虽然救不回他，但至少我知道了真相。”

两天后，丽萨的弟弟葬在了普利茅斯公墓，就葬在冬日萧瑟的树下。我陪在丽萨·奎尔身边。葬礼结束后，我们正打算走向汽车，斯普林戈尔拦住了去路：“我猜你乐意听说，我们查清楚了，去年，保罗·莱恩确实雇了个侏儒，在他位于新贝德福德[1]的龙虾餐厅工作。我们正到处找他。”

“祝你好运。”我说，“我打算今天回家。”

我把车停在殡仪馆外，在那里跟丽萨道别。“再次感谢你，”她说，“为你做的一切，山姆。”

---

① New Bedford，美国马萨诸塞州布里斯托郡的南部城市，距波士顿约四十五公里，是个海滨城市。

开了半小时后，我看到个男孩儿在小河的桥上钓鱼。我的第一个想法是，十二月可不是钓鱼的好时候。

我的第二个想法是，我犯了个大错误。

我把车停在路边，停了很久，呆呆地看着前方。终于，我重新发动汽车，掉转头，朝来时的方向驶去。

等我再次看到圣诞老人灯塔时，已接近傍晚了。时间和我第一次来的时候差不多。丽萨的车孤零零地停在一旁。灯塔关了门，谢绝游人参观。我把车停在丽萨的旁边，朝灯塔门口走去。她肯定听到汽车声，从窗口看到我了。我刚走近，她就微笑着开了门。

“你回来了，山姆。”

“回来待一小会儿。”我说，“我们能谈谈吗？”

“谈什么？”她有些挑逗地说。

“关于哈里的谋杀。”

她脸色变了：“警方找到了那个侏儒？”

我摇摇头：“他们别想找到。因为根本就没什么侏儒杀手。我弄错了。”

“你在说什么？”

“我们一直说没有嫌疑犯。实际上，一直有个嫌疑犯。并不是出乎意料的人，而是很有嫌疑的一位。丽萨，是你杀了你弟弟。”

“你疯了！”她怒道，想在我面前关上房门。我轻易地用脚抵住门。过了一会儿，她态度软了下来，放我进去。“我越想越觉得侏儒杀手不大可能。那些小孩一直在大吵大闹，扯圣诞老人的胡子，百般引人注目。凶手可不会这么做。他想要成功，越安静，越不引人注意越好。”丽萨双手抱在胸前，装作好笑的样子。

“当然，还有凶器的问题。杀手肯定会自带凶器，不会临时去储藏室拿海盗匕首。”

“最后，凶手怎么能把哈里引到平台上？尤其是当时他还在换衣服，胡子都没来得及取下来。”

“也许他正是在圣诞老人的书房里刺死哈里？”她悄声道。

我摇摇头：“侏儒可没办法把尸体扛到楼上。死者是自己走上去的，和凶手一起。为什么他还没取胡子？因为身旁这个人，他很熟悉，非常信任。”

“你大概忘了，哈里遇害时，我和你在一起。”

“更正一下——确切地说，是尸体从平台上掉下来时，你和我在一起。一小时前，我开车路过一座桥，桥上有个男孩儿在钓鱼。我突然想起你在灯塔二楼捡起一卷鱼线。那根本不是参观的小孩子留下的，而是你为了诡计准备的。你回到楼上，编个理由，把你弟弟骗到平台上，刺死他。然后，你把尸体放在栏杆边很容易滑下去的地方，把钓线一头绑在尸体上，另一头丢到楼下。当时天差不多全黑了，所以我看不到钓线。你叫住我，是需要我做不在场证人。我估计，你为了等合适的证人，已经盼了好多天。你拉动钓线，哈里的尸体从顶层平台掉了下来，差点儿砸到我们。”

“如果是这样，那钓线去哪儿了？”

“我去检查尸体时，因为光线太暗，没发现。后来，我上楼去打电报求救时，你解下钓线，藏了起来。”

“我为什么要杀自己的兄弟？”

“因为你发现他和你父亲入狱有关。是哈里印制了那些大吹大擂的招股说明书，是他勾画了游乐场的蓝图，欺骗投资者。你父亲是替他顶罪。你发现这一真相，紧跟着又发现哈里和保罗·莱恩合伙贩卖私酒后，终于无法忍受了。”

丽萨终于放弃了抵抗：“一开始，我简直不敢相信，他让父亲替自己顶罪！后来，又发现他和莱恩的勾当！我——”

“你到底是怎么干的？”我悄声问道。

她略带忧伤：“为了等一个合适的人，像你这样独自旅行的人，我等了整整一个礼拜。我把他叫到平台上，给了他最后的机会，威胁他要么去自首，要么被我杀掉。他不但不听，还嘲笑我，想夺刀。打斗之中，我刺中他。关于钓线，你刚刚说得全对。钓线虽强韧，但很细，光线微弱时不容易被看到。”她眼光看向一边，“看到你出现时，我还以为自己运气来了。看来，这个家就没有好运这回事。”

“你必须向斯普林戈尔自首，”我说，“他还在到处找那侏儒！如果害无辜的人进了监狱，那你就和你弟弟一样大错特错了。”

“自以为天衣无缝的计划，”她说，“到头来又有什么用！”

★ ★ ★

“故事到此为止。”山姆·霍桑医生最后说道，“对自己犯下的错误，我不愿多提。北山镇没人知道这故事。爱玻护士看到我胸口的伤，问起来时，我只说是摔了一跤。还好，那年圣诞节终于下雪了，大家都度过了一个愉快的假日。第二年初，本镇墓地发生了一件怪事，故事并不涉及鬼神。等下次再详细告诉你吧。”

28

诡异的墓地野餐

“这次，我答应给你讲讲墓地的故事。”山姆·霍桑医生替我们倒上一些白兰地，“不过，我的墓地故事里没有鬼魂，没有雷电，也没有黑夜。一切都发生在光天化日之下——但故事同样诡异……”

★ ★ ★

一九三二年春天，国人过得都很艰难……经济衰退、遍地失业。总统大选一天天临近，人们日益热衷谈论激烈的革新。北山镇比国内别的地方状况稍好，但我们也不得不在各方面紧缩开支，甚至连我本人都受到了影响。

在北山镇中心营业十年之后，我和护士爱玻打算搬家。有八十个床位的北山镇圣徒纪念医院于一九二九年盛大开业。该院规模对于北山镇来说，太大了点。因此，医院大楼一翼——三十个床位左右的房间——被改造为医生执业诊所。医院董事会邀请我租用他们的房间，开出的头一年租金相当有诱惑力。住院病人很多都是我的老主顾，而且诊所负债日益增加。在多重压力下，我无从拒绝。

爱玻对搬家一事相当激动，因为新办公室比老诊所要大上一倍。我倒没她那么确信。“这下子我们离镇子就有两英里远了。万一有病人不会开车，或者年纪太大，受不了骑马或马车颠簸怎么办？他们怎么来看病？”

“你的大部分病人根本就没住在镇上，即便不搬，他们还不是得长途跋涉。你还能上门出诊不是吗？而且，搬到医院之后，去看住院的病人就方便多了。”

“我想你说得对。”我不情愿地表示同意。

我们搬家那天，是四月里一个温暖的上午。圣徒纪念医院管理层之一——芬肖医生特意赶来迎接我们。“山姆，房间按你的要求粉刷一新了。”他个子不高，说话声音挺尖的。而且他那种紧张兮兮的态度，在董事会会议室里还算合时宜，但确实不适合在病床边关怀病人。

“多谢，大卫。看起来真不错。诊所的家具随后就到。”

“看这边，窗外的风景真不错。”他热心地说。

我掩饰不住讽刺的口吻：“如果你喜欢墓地风光，那确实不错。不过，有些病人大概并不想看到这一幕。”

“幽谷春景与其说是墓地，不如说是公园。”芬肖争辩道。我必须承认他说得对。有时候，甚至有人到此野餐。从我办公室的窗口看出去，只能看到为数不多的墓碑，沿着树林和小道散落分布着。幽谷春景的所谓“幽谷”是一条小峡谷，谷底流淌着蜿蜒的小溪，小溪源于上游高山间的清泉。一年中的这个时候，科博山北麓仍有雪水融化，灌入溪涧，使得小溪河面比平时要宽，水也要更深。溪流湍急地穿过幽谷春景，颇有点小河的意思。

当天剩下的时间里，我和爱玻一直忙着安置家具，准备重新开业。爱玻特意加了几小时班，把一切弄妥，以便第二天一早开门迎客。连蓝思警长都特意来看了看，替他妻子送来一个花篮。“为了今年夏天的百年纪念，本镇到处都大张旗鼓地准备开了。”

“警长，五年前我们刚过了三百周年纪念。怎么又冒出百年纪念来？”

“五年前是清教徒在本地定居三百年纪念。这次是北山镇建镇的一百周年。”

“等日子临近了我再准备吧。”

他嘀咕道：“你明天上午去马特·哈维的葬礼吗？”

“明天是我新址开张第一天，我走不开。不过，如果中午前后能清闲一点，我可以去墓地一趟。”哈维是芬肖医生的病人，九十二岁高龄上，终于从疾病中解脱了。

第二天上午，诊所病人不多。大部分人都是来我的新办公室看热闹，而不是来看病的。快到中午时，我看到哈维的葬礼转移到墓地来了，打算步行过去参加。马特·哈维是本镇重要人士，我可不能因为他找其他医生看病，就缺席他的葬礼。

墓地边的仪式比较简短。仪式结束后，两名掘墓人——塞德里克和特迪·布什兄弟——扛着铁锹走上前来。特迪·布什是两兄弟中的弟弟，脑子不大好使，冲我挥挥手。我也冲他挥手示意。然后，我沿着小道走开，四下看看，观察观察新环境。

在我的正前方，路边刚抽芽的一棵柳树下，停着一辆黑色的福特T型车。五十英尺外，一对夫妻正在草地上野餐。他们野餐的地方风光还算宜人，尚未用做墓地。我能理解他们为何选择在此野餐。两人年纪都不大，估计跟我差不多。我看到他们的时候，他们正在吃三明治。不过，我刚想走上前去，背对我的女人突然站了起来。她一头黑色的长发披肩，穿着海军蓝宽松上衣和蓝色圆点花衬衣。刚一站稳，她就沿着小路，朝远处跑去。

男人似乎很生气。他也跳起来，大叫道："罗丝！回来！"

但女人好像根本没打算停下。我心里突觉不妙，追了上去。小路前方十英尺处有座石桥，桥下是涨了水的溪涧。她跑到石桥中间时，似乎绊了一下，从桥上跌进水里。她的惨叫声刚刚传来，就被落水的声音淹没了。我无助地看着她被湍急的溪流卷走，我还来不及跳下去施救，她的身影就已经从眼前消失了。

"出了什么事？"二十分钟后，蓝思警长接到我的紧急通知，沿着小路蹒跚跑来，边跑边问我道。我让慌乱不已的丈夫去给警长打电话，自己则沿溪边朝下游走去，看能不能找到她。

"有个女人从桥上掉进水里。"我大声答道。

“罗丝压根儿不会游泳。”她丈夫跟在警长身后，匆匆赶来。

“我开车去下游更远处看看。”警长严肃地说，“我知道有个地方，也许能找到她。下游有个地方，一棵断掉的树挡住了溪流。”

“来吧，”我对她丈夫说，“我们和警长一起去。”

“好吧。”

“我是医生。”一起赶往警长汽车时，我对卷毛的年轻男人说，“名叫山姆·霍桑。”

“我叫鲍勃·杜普利，住在西恩角[①]。”西恩角镇离本镇有二十英里远，“上帝啊，如果罗丝死了，我也不想活了！我们才结婚三年——”

“我们会找到她。”蓝思警长边发动汽车，边向年轻男人保证道。我看他根本就没考虑实际情况。

我们驶过马特·哈维的墓地时，我发现布什两兄弟只剩下一个人在挖掘。特迪不知道去哪儿了，也许去喝咖啡了，顺便偷个懒。警长在坑洼不平的路上熟练地开着车。在我们赶到枯树断流处之前，鲍勃·杜普利一直保持着沉默。

“她在那儿！”一到断流处，他就大叫起来，“我看到她了。”

我也看到她了——黑发和圆点衬衣缠在树枝上。我跳下车，朝河边奔去时，杜普利哭了起来。我第一个跳进冰冷的水中，爬上枯树干，朝女人所在处艰难地爬去。警长和杜普利紧跟在我后面。我们费力地将她从树枝的纠缠中解开，带到河边草地上。

① Shinn Corners，埃勒里·奎因的小说《玻璃山庄》中虚构的小镇。

我试图救她，忙活了二十分钟，想挤出肺里的水，让她恢复呼吸。但我心里清楚，已经太迟了。蓝思警长默默地站在一旁，她丈夫靠坐在一棵树旁，哭泣着。我不得不艰难地宣布：“没办法。她走了。”

“如果她能翻过这棵树，说不定不会有事。”警长说，“溪水流到鸭池塘之后，就没那么急了。”

鲍勃·杜普利在我们身后低声重复着他妻子的姓名。

“你能告诉我们，到底出了什么事吗？”我问他。他久久地看着她，默默地擦着眼泪。

蓝思警长终于忍不住，重复了一遍问题。他回答道：“我和她都认为，来个野餐也许能让我高兴起来。我们特意从西恩角开车过来，到达时间估计是十一点左右。”

“你们俩是谁提议在墓地野餐的？”我问道。警长从车上取了床毯子，盖在尸体上。

“罗丝提议的。我们听朋友说过那儿还不错。上帝啊——”

“别责怪自己。”蓝思警长说。

“我们边吃边聊。突然，她站了起来，好像被什么东西惊吓了一般，开始逃跑。当时我们视线范围内只有一个人，也就是山姆·霍桑医生你。我当时还以为，她把霍桑医生当成了墓地管理人，来赶我们走——不过，即便如此，她也不至于吓成那样。”

警长转过头对我说：“你看到的情况呢，大夫？”

我尽可能准确地把我所见到的表述出来：“她好像绊了一下，

从桥上摔了下去。不过，桥上并没有什么东西会绊住她的脚。路面很平坦。我跟着跑到桥上，如果有绊脚索之类的东西，我应该能发现。”

“你太太经常头晕吗，杜普利先生？”

“没有的事，警长。就我所知，她从来没晕倒过。”

“她有没有仇人？”我问道，“比方说求爱不遂、心怀不满的人？”

“当然没有！你为什么这么问？她又不是被人害死的！”

警长把我叫到一边：“他说得没错，大夫。这是个事故。没有其他解释。”

“整件事也太奇怪了。”我坚持说。

“听着，我成天忙着应付哈维那个疯侄子已经够恼火了，他坚持说叔叔死于谋杀。”

“好吧。”我不想这会儿听人说起哈维的死，于是赶紧说道。我低下头，看看毯子下杜普利夫人的尸体，心里明白，自己要么目击了一桩不幸事故，要么是不可能犯罪。不过，我怎么也想不明白，这次到底是哪一种情况。

第二天上午，蓝思警长又来到我的新诊所办公室。“你拿到罗丝·杜普利的验尸报告没？”他问道。

我点点头：“刚刚才拿到。没什么异常情况。死因是淹死。除了落水和在河岸上撞击形成的淤伤，没有其他外伤。”

“她会不会事先被下了什么药？”

“她验尸结果一切正常，而且血液中没有药物或酒精的残留。她生前身体无恙。实际上，根据尸检，死者已怀有两个月身孕。”

“怀有身孕！”

“警长，对已婚妇女来说，这很正常。”

“没错，”他表示同意，“她丈夫知道这情况吗？”

“这你得问他了。她还有其他家人吗？”

“双亲健在，还有个兄弟。全都伤心欲绝。”

我突然想到点别的事：“你说哈维的侄子认为他死于谋杀？”

蓝思警长点点头：“没错，他侄子斯科特·哈维。你认识他，对吗？”

“我在一次农业保护协会的集会上见过他。”

“总之，斯科特声称叔叔死于谋杀，芬肖医生试图掩盖真相。”

“芬肖怎么说？”

“说哈维是老死的，斯科特在发神经。”

“你怎么看，警长？”

“斯科特确实有毛病，没错。每个人都知道。”

“也许，我该去瞧瞧他。”

“你还真想抓出个凶手来，对吗，大夫？”

“我不会无事生非，放心吧。”我向他保证道。

斯科特·哈维年逾五十，头发灰白了。在大萧条夺去他的土地前，一直在镇外以种地为生。失去土地一事对他打击很大，让他有些胡思乱想。当天上午晚些时候，我在镇法院找到他时，他正在大吵大闹，要求将叔父刚刚下葬的尸体重新挖出来。

我安抚地按住他的肩膀："还记得我吗，斯科特？我是山姆·霍桑医生。"

他看了看我："哦，我记得你。你是芬肖的朋友。"

"他不过是我的同事而已。遇到什么麻烦了？"

"马特叔叔是被谋杀的。凶手是芬肖，芬肖把他毒死了。"

"你有证据吗？"

"当然没有——证据都被他销毁了！因此我才希望他们重新验尸。"

"斯科特，你不能毫无根据地指控他人。"

"我有根据，只要他们重新验尸就能找出证据！"

"我昨天在葬礼上看到你了。就在葬礼同时，一位年轻女士淹死在流经墓地的小溪中。"

"听说了。"

"你知道什么内情吗？"

"我能知道什么？"

继续谈下去也毫无进展。"忘了你叔叔的事吧，"我建议道，"他的死完全是自然死亡。"

"就像那个被淹死的女人一样？"他干巴巴地说。

离开法院后，我瞥到布什哥俩中的大哥——塞德里克——靠在墓地的轻便卡车旁，等着把几袋肥料装进车里。

“你好，塞德里克。”我招呼道，“今天过得如何？”

“还不赖，山姆医生。”

“特迪呢？”

“在那边的快餐店，喝今天头一杯酒呢。如果罗斯福真成为了总统候选人，你认为他会撤销禁酒令吗？”

“在我看来，两党候选人都会使用这个竞选策略。”塞德里克读过些书，不像特迪，除了在理发店看看警局公告外，什么也不读，“昨天你们挖好哈维的墓地没？”

“当然，人家花钱就是让我们干好。”

“我中午前后路过，特迪当时不在。”

“他去树林里小解去了。”他笑道，“他离开了很久，我还以为他迷路了。”

“不过，他干活儿还卖力吧？”

“有时候还行。”

“你听说公园里淹死一个年轻女人的事了吗？”

“每个人都听说了。西恩角来的家伙，对吗？”

我点点头：“你和特迪没看到事情经过？”

“至少我没看到。”

我从他身边离开时，他仍然靠在车上。我沿街朝快餐店走去。出于某种原因，我越来越确信罗丝·杜普利并非死于事故。有些仍然藏在潜意识中的事实，正带我一步步走向正确的方向。不过凶手的手法是什么？动机何在？

特迪·布什不在快餐店。不过，店员说他刚走不久。我刚想开车回诊所，蓝思警长朝我匆匆走来："我需要你帮忙，大夫！"

"怎么了？"

"特迪·布什刚刚意图对一个姑娘行凶。我必须逮捕他。"

受害的姑娘吓坏了，不过除了一点淤伤之外，毫发无损。姑娘二十出头，一头红发，长得很漂亮。她名叫苏珊·格里格，从卡宾路来，正赶往西恩角镇。她独自驾驶着胡德森[1]家庭车到本镇来买点东西。事发时，她正穿过快餐店后的停车场。就在这时，特迪·布什朝她走了过来。

"我闻得出他喝过酒，"我在警长办公室外的隐秘房间替苏珊做完检查后，她对我说，"他嘴里说着些我听不懂的话。然后，他突然抓住我的裙子。我马上尖叫起来——"

"可以穿好衣服了。"我说，"你真是个幸运的姑娘。"

回到警长办公室后，警长将来龙去脉告诉给我："我听到她的尖叫，赶快跑了过去。我赶到时，特迪已经把姑娘按在了地上。我赶快把他拉起来，给他戴上手铐。"

"我不敢相信特迪会做这种事，"我说，"让我跟他谈谈。"

---

① Hudson，美国汽车品牌，由胡德森汽车公司出品。1954年，胡德森汽车公司关闭。

我们来到楼上的监舍。特迪闭着眼睛躺在小床上。听到我们进来，他抬起头说："你好，大夫。"

"怎么回事，特迪？你到底想干什么？"

"没什么，大夫。我喝了点酒——脑子出了点问题。"

"所以，你就跑到外面去，抓住视线范围内的第一个女人？特迪，这可不像你。"

"我也不知道，大夫。我不想谈这回事。"

"特迪——"

"我喝醉了，仅此而已！"

我叹口气，离开他。"你打算怎么处理他？"下楼时，我问警长。

"他没怎么伤害那姑娘。一切取决于姑娘告不告他。"

我突然想起塞德里克还在卡车边等着他弟弟，于是我对警长说，最好去通知他一声。

我找到塞德里克，把发生的事告诉他。他一言不发地听着。"那个该死的笨蛋。"听我说完以后，他怒道。

"来吧，塞德里克。"我说，"我带你去监狱见他。"

中午时分，我和蓝思警长待在一起，倍感沮丧："警长，我没办法了，这案子我一点头绪都没有。"

"说不定压根儿就没什么案子，大夫。不是每个无法解释的死亡都是凶杀案。你喜欢一切井井有条。你希望马特·哈维的葬礼、杜普利的死和特迪攻击那姑娘有关系，可以用一套推理完美地联系起来，但生活并非如此。”

“也许吧。”我说。

“听着，我在等死者的丈夫，鲍勃·杜普利。他说好一点钟到。你想留下来等他吗？可以跟他谈谈。”

“他来干吗？”

“来领尸体，好安排葬礼事宜。他们打算明天一早在幽谷春景举行她的葬礼。我必须把尸体还给他。没有理由不还。”

“确实没有理由。”我附和道。

杜普利来的时候，脸色苍白，神经紧张，仍然没有完全接受不幸的事实。“我没想到你打算把她葬在此地。”蓝思警长签署尸体移交文件后，说道。

“她一直都很喜欢幽谷春景。”

“杜普利先生，你知道你太太已经怀孕了吗？”我问道。

他点点头：“芬肖医生上周才告诉她。”

“她对将要出生的宝宝感到高兴吗？有没有紧张，忧郁什么的？”

“完全没有。我们都很期待宝宝的降生。”

我深吸一口气：“你听说过一个名叫特迪·布什的男人吗？”

“没有。”

“你妻子会不会认识他？”

“我表示怀疑。你到底想说什么？”

“不幸发生前，她好像是在逃跑。当天，布什正好在墓地干掘墓的活儿。我在想，她会不会是想从他身边逃开？”

“我们视线范围内，只看得到你一个人。”

“我知道。不过，她并没有朝我这边看。”

他离开后，蓝思警长说：“你该不是以为他杀了妻子？”

“她丈夫总是嫌疑最大的人。不过，当时他一直在我视线范围内。他没扔过东西，也没拉过什么线之类的。如果她死于谋杀，凶手肯定另有其人。”

“说不定凶手用上了钓鱼工具，朝她扔了条钓线，把她拉落桥下？”

“如果是这样，我肯定看得到。当时阳光明媚，光线很好。而且，她并不是被拉倒的，她好像是绊着什么东西，跌倒了。”

“她体内没有药物——你自己说的。该死，别咬着这案子不放了，大夫。也许她因为怀孕，一时头晕才栽倒下去。你的言行越来越像斯科特·哈维了。明明没有凶案，偏偏咬住不放。”

“我想你说得没错。”我承认道，“我猜，我最好先回诊所去。”

“顺便说一句，那姑娘决定不告特迪了。我再关他几个钟头，吓吓他，然后就放他出狱。”

“这个，不管怎么说，算是好消息吧。我真希望能知道，他到底为什么要那么做。”

“还有，他会不会再犯这种错误。”

回到诊所后，我发现大卫·芬肖正在办公室里等我。我开始意识到诊所设在医院里的坏处了。

“我得和你说两句。”他坐在我办公桌的一角，对我说。

“说什么？”我边翻爱玻在记事簿上留的言，边问道。

“我听说你今天早上在法院外跟斯科特·哈维聊了聊。你知道，那男人是个彻头彻尾的疯子。”

“这是你的医学诊断结果吗？”

“听着，山姆——哈维是个老头子了。他的死完全是自然死亡。”

“你反应过度了，大卫。不过，我相信你。”

这似乎让他满意了：“我只是不想跟斯科特·哈维闹出麻烦。”

他离开后，我开始天马行空地推理。如果大卫·芬肖是杀害哈维的凶手，罗丝·杜普利通过某种渠道知道了真相——毕竟她也是芬肖的病人。她建议在墓地野餐，正是为了观察哈维的葬礼。芬肖发现她也在场后，一不做二不休，杀了她灭口。不过，如果凶手真是芬肖，也可能有其他动机。

不过他到底是怎么做到的？魔术？催眠术？催眠术有那么大的作用吗？能让一个根本不会游泳的人从桥上跳到水里？

我放弃了，专心看爱玻留下的消息，还有病人等着我去看。

当天下午晚些时候，快到五点时，爱玻告诉我，特迪·布什在外面等着，想见我。我处理完最后一个病人之后，让他进来。特迪明显很尴尬，低着头进来，不肯接触我的目光。

“这么说，你出狱了，特迪？”

“没错，大夫。她——那姑娘决定不告我。我也不知道自己中了什么邪。搞不懂，是不是脑子突然抽风了。”

“坐吧，跟我聊聊。你早上喝了点酒，对吧？”

“和平时一样，用咖啡杯喝了点。”

“空腹的话，足够让人醉了。”

“我想是吧。”他同意道。

“所以，你走到外面，看到那姑娘，就冲人家扑过去了？”

“我——我本来不会——不过，大夫，昨天我看到她光着身子在鸭池塘游泳。突然间，再次看到她，穿着衣服出现在我面前。当时我又有点醉了，所以才想扑上去——”

“特迪，她都不是本镇人。你肯定看错了。”

“不可能，绝对没看错，我认得她那一头红发。当时我正在山顶上的树林里，就在我们挖掘的墓地附近。我往山下一看，就看到她在那儿，在池塘里游泳。我还看到她光着身子走上岸边，穿好衣服。”

“这么说，塞德里克找你的时候，你在偷看人家姑娘啊。”

“我想是吧。”他承认道，“我一直盯着她，转不开眼。”

“特迪，我希望你能戒酒。你心里明白，喝醉闹事对你没好处。如果再来一次，你就不会这么走运了。蓝思警长肯定会把你关起来，下次可没那么容易放出来。”

“我知道。”他低下了头。

“那就好。现在你可以出去了，别惹麻烦。”

“你不给我开点药吗？”

“你不需要吃药，只需要长点脑子，特迪。”

他走了以后，爱玻走进来。“明天上午我有预约吗？”我问她。

“只有一个，去威尼斯太太家出诊。”

“打个电话过去，跟她说我午饭后到。上午我打算去参加罗丝·杜普利的葬礼。”

我和蓝思警长一起赶往西恩角参加葬礼。仪式开始前，我和他长时间坐在汽车里等着。“你没有证据，大夫。”他坚持说。

“不管怎么说，让我试试。”

他低声叹口气。等我们从西恩角的教堂赶往幽谷春景时，他拒绝再谈案子。“全是猜测，”他翻来覆去就这么一句，“光靠猜测不能钉死凶手。”

今天仍是个四月间的好天气，阳光明媚。和罗丝·杜普利死的那天差不多。送葬的队伍慢慢走向选定的墓地。我看到特迪和塞德里克·布什扛着铲子候在一旁。

罗丝来自一个大家庭，她数目庞大的家人跟在鲍勃身后。鲍勃一个人走在队伍的最前面。我转过身，看看其他观礼者，惊讶地发现芬肖医生也在队伍里。很明显，他是从医院直接步行过来的，跟我那天出席马特·哈维的葬礼一样。

牧师站在棺木边说着什么，我们不大听得见。仪式一完，特迪和塞德里克就要开始忙活了。“满意了？”简短的仪式即将结束时，蓝思警长问我道。

“快了。”我说。就在这时，我看到树丛间有什么东西一闪而过。“跟我来！”我大叫着，飞跑起来。

“大夫，见鬼，怎么回事——”

我们离树林并不远，我没花多长时间就冲了过去。“凶手回到凶案现场来了。”我说着，抓住藏在树后之人细细的手腕，把她拉了出来，“警长，请容许我介绍杀死罗丝·杜普利的凶手——她就是苏珊·格里格。”

“你多半是发疯了！”她大叫道，“放开我！”

蓝思警长面色不善：“大夫，我——”

不过，我赶紧继续道：“苏珊，你擅长游泳。要不是这样，你怎么能从桥上跳进水里，一直游到鸭池塘。你戴着黑色假发，穿着类似罗丝的衣服。在整个过程中，我一直没看到过你的脸，所以很自然地把你误认成了死者。你游到池塘后，脱掉湿衣服，换上藏在岸边的干衣服，你自己的衣服。在这一过程中，特迪·布什刚好看到了你。我问你，当你游过罗丝的尸体所在，也就是下游那段枯木的时候，是什么心情？”

“我又没杀她。”她坚称，“你没有任何证据。”

我掰着手指向她数着证据：“第一，特迪·布什看到你裸体在小溪下游的鸭池塘游泳。我可以作证，当天溪水非常冷——上游山里的雪水融化，灌入溪中。没有人会在那种温度下，裸体泡在冰水里玩。第二，你的好朋友鲍勃·杜普利说过，也许是我的出现惊吓了他妻子。不过，她从头到尾脸就没冲我——我看不到她的样子。因为你不是她，所以不敢冒险面对我。看都看不到我，你怎么可能被我的出现吓到？

“第三，我走近你们时，看到杜普利和他所谓的‘妻子’刚刚吃完三明治。但尸检显示，罗丝·杜普利胃里什么也没有。也就是说：我看着掉下桥的女人根本不是死者。第四，我在特迪意图伤人后替你做过体检，我注意到你身上有些淤伤。不过，你被袭击才过了几分钟，淤伤根本不可能那么快形成。所以，淤伤是头一天你在小溪里游泳时形成的。第五，如果罗丝真被溪流冲了那么远，为什么尸体上几乎没有伤？答案很简单，她根本没被冲那么远。她身上为数不多的伤痕，是你在打晕她，然后淹死在溪水里时造成的——行凶处多半是后来发现尸体的地方。”

我看到鲍勃·杜普利匆匆朝我们跑过来，苏珊·格里格也看到他了。“不，”她说，“我可不愿意背这个黑锅。是鲍勃杀了她。是他把她打晕，是他淹死了她。我所做的不过是，在证人眼前跳进水里。他想跟老婆离婚，然后娶我。不过，她发现自己怀孕了，死活不肯离。”

鲍勃·杜普利已经近到听得见我们说话。他气得面孔扭曲。“闭嘴！”他吼道，“闭嘴！你这蠢货，把咱们俩都暴露了！”

蓝思警长对证据终于满意了。他掏出手铐，在杜普利扑倒苏珊之前，将两人铐了起来。

* * *

“所以，你瞧，”山姆·霍桑医生最后说道，“我还是把罗丝·杜普利溺杀案和特迪袭击苏珊·格里格案扯上了关系。你问马特·哈维的死是怎么回事？这个，就我所知，那确实是自然死亡。下次我再跟你讲讲北山镇百年纪念过程中发生的事吧。庆典期间发生了一起诡异的密室杀人，险些破坏了整个庆典。”

29

影院隔音室密室杀人

“进来，快进来！”山姆·霍桑医生说，“喝什么，还是老样子吗？很好！我答应过你，这次要讲北山镇百年纪念庆典上发生的密室杀人，对吗？那些日子里，北山镇到处都在庆祝。早在一九二七年夏天，我们就纪念过清教徒定居本地三百周年。一九三二年夏天，则是北山镇建镇一百年的纪念。时值大萧条和总统大选，北山镇的祖先冥冥中早有安排，知道他们的后代目前最需要的就是庆祝活动……”

★　★　★

对大部分人来说，百年纪念活动的高潮是北山镇电影院开张。这是本镇第一家有声电影院。对大部分镇民来说，电影院意味着走向未来，比几年前圣徒纪念医院开门营业重要得多。影院开幕礼定在六月二十九日礼拜三，特伦滕镇长答应届时亲自为影院剪彩。由此也揭开了为期一周的庆祝活动序幕。庆祝活动将在七月四号，也就是第二周的周一，以燃放烟花推向最高潮。

我在影院盛大开幕的头一天，也就是星期二那天，先去凑了凑热闹。影讯公告已经挂了出来，首轮同时上映两部片子，詹姆斯·卡格尼[①]主演的《萧瑟冬日》和切斯特·莫里斯[②]主演的《神奇的人》。影院老板马特·克里莱和镇上其他人一样激动不已。

"我带你参观参观，大夫。"他拉着我的胳膊，"影院可以舒适地容纳四百三十名观众，北山镇一半人口也就这么多。而且，西恩角的人也会被我们吸引来。他们镇上可没这种好东西！"

放映大厅看起来确实不错。"后面那间玻璃房是干什么用的？"我问道。

"哦，给带婴儿或小孩儿的家庭特意准备的，可以隔音。如果他们坐在里面观看电影，哪怕小孩儿哭闹起来，也影响不了其他观众。有点类似隔音室吧。电影的声音通过扬声器送到房内。全国也没几间电影院有这种设备。"他声音里满是自豪。

"你干得真不错，马特。"我边说，边看着那间玻璃房子，里面有大概十二个坐椅。我们沿着正中的走廊向里走去，我回过头说："隔音室上面是放映室吗？"

"没错。有时候我会亲自放映，不过我还请了费雷迪·贝尔，专职放映。"

---

① James Carney(1899—1986)，美国著名演员，曾于1939年和1943年两次获得奥斯卡奖。

② Chester Morris（1901—1970），美国著名演员。

“你能让他保持清醒吗？”费雷迪是本镇名人。哪怕在大禁酒时期，他喝醉的时候也比清醒的时候要多。

“大夫，他最近表现不错。我教他怎么放电影，他很感兴趣。”

“这样就太好了。”我对他说。费雷迪·贝尔在主街理发店二楼租了间房。上班路上我经常看到他。

我们出去时，有个漂亮的黑发姑娘迎上前来，有事要问克里莱。他转身对我说：“你认识薇拉·史密斯吗，山姆？”

“好像不认识。”我听说过他从西恩角请了个售票员，但不知道这姑娘如此迷人。

“薇拉，这位是山姆·霍桑医生。如果你收钱收得手抽筋，可以打电话向他求救。”

她冲我动人地一笑：“希望不会发生这种事。”

“你住在镇上吗？”我假装对她的情况一无所知。

“不，我住在西恩角，开车来上班。”

“这工作不错，前景很好。”

“克里莱先生也一直这么说。”她答道。

“我还得雇几个小伙子当领座员。”克里莱说，“不过得等到下午了，上午我要去报纸登个广告。”

“祝你好运。”

“给你几张明天首映的票，大夫。带个姑娘来吧。”

“非常感谢。”

那年夏天，我没有交任何女性朋友。一回办公室，我就问爱玻护士愿不愿意跟我同去。“明天晚上？”她问，“特伦滕镇长剪彩之后？”

“没错。”

“乐意至极！不过我该穿什么？看杂志上，出席影院开幕的人都穿着礼服。”

“在北山镇可不用。你那次穿的——”

就在这时，电话铃响了。是蓝思警长，声音激动：“大夫，快来！我身边有具尸体。”

“你在哪里啊，警长？”

“理发店楼上，费雷迪·贝尔的房间。他刚刚自杀了。”

费雷迪房间里家具不多，到处灰尘仆仆——正如我想象中一样。餐桌上摆着半瓶苏格兰威士忌[1]，显然是私酒。费雷迪瘫在一旁的安乐椅上，右手边地板上掉落着一支左轮手枪。“他冲自己脑袋开了一枪。”蓝思警长咕哝道。

我看了看他太阳穴上血淋淋的伤口。“有火药残留。看起来是自杀没错，警长。”

“走廊对面的女人一小时前听到枪响，过来敲门却没人应。所以，她才给我打了电话。”

“可怜的费雷迪，他怎么会自杀？”

---

① “苏格兰威士忌”一词只能专用来形容于苏格兰蒸馏，并最少已窖藏三年的威士忌酒。

“噢，他留了遗书，大夫。从没见过这么见鬼的玩意儿。”

我拿起手写的遗书，遗书字迹颤抖不稳。我飞快地读了一遍：我在北山镇电影院开幕典礼当晚杀死了特伦滕镇长。我恨他，因为我喜欢喝酒的关系，他总让警察咬住我不放。我在放映室地板上掏了个洞，穿透到隔音室的天花板。等市长进隔音室试座时，我故意弄出点声音。等他一抬头，我就掏出手枪，打中他双眼之间。然后，我把洞堵起来，不让人发现。而且，因为房间隔音，没人知道他死在隔音室。我没有丝毫嫌疑。不过，良心不允许我逃脱惩罚。因此，我选择终结自己的性命。费雷迪·贝尔。

“不过——”

“没错，大夫。开幕式要明天晚上才举行，而且特伦滕镇长还活着。谋杀案还没发生，费雷迪抢先认了罪。”

费雷迪·贝尔的遗书最终被认为是烂酒棍的胡言乱语。特伦滕镇长一笑置之：“也许他确实打算杀了我，喝得烂醉以后，还以为自己真动了手。”

蓝思警长和我亲自去检查了放映室的地板和放映室下面——隔音室的天花板。我们没发现任何坑洞。如果费雷迪的计划是认真的，那他尚未来得及实施第一步。

“放映员没了，我该怎么办？”马特·克里莱拨弄着稀疏的头发，恼火地说，“我本打算在楼下迎接观众，这下好了，不得不困在放映室，亲自放电影。”

"一切会顺利的。"蓝思警长安抚他说。

"而且,如果镇长害怕了,不肯来剪彩怎么办?"

"艾尔尼·特伦滕什么都不怕。"蓝思安慰道,"而且,还有什么好怕的?凶手已经死了。"

离开剧院时,我问蓝思警长:"明天开幕式你会来,对吗?"

"当然会来。不过,可不是因为这封遗书。我和我太太想在镇上舒舒服服地看几部好电影。"他斜视我一眼,"你该不会在担心吧?"

"算不上。"

"那是怎么了,大夫?我看得出你有心事。"

"我只是在想那半瓶苏格兰威士忌。你也知道费雷迪有多爱喝酒。如果他打算自杀,你认为他会留下那半瓶子酒不喝?"

"不大可能。"警长承认道,"不过,如果有什么人杀了他,又打算杀镇长,他们怎么会蠢到留下遗书,事先警告我们。"

"我也不知道。"我说,"不知道该怎么理解。"

开幕礼当天下午,阳光明媚。温暖的夏日对开业庆典来说,再好不过了。整个市政广场都因百年纪念装饰一新。特伦滕镇长不是唯一一个善于利用机会,广泛结交的政客。我注意到特伦滕在政坛上的死敌之一,镇行政委员加斯伯·德里克也在场,四处和人打招呼。

他看到我,招呼道:"霍桑医生!请等一下!"

“你好啊，加斯伯。”他人很瘦，患有溃疡，时好时坏。这些年来找我看过很多次病。

“好得很。跟我说说，费雷迪·贝尔自杀是怎么回事？”

“他就是自杀了，留了封遗书。”

“真奇怪。克里莱刚在电影院给了他份工作。”

“我知道。”我不想说得过多，但愿遗书的内容尚未公开。

“今晚你去开幕式吗？”

“当然不会错过。到时候见，加斯伯。”

七点过几分，我开着斯图兹跑车去接爱玻，她已经一切准备就绪。夏天日头长，七点多天色还挺亮。我们开车绕过广场，在电影院附近停了下来。虽然国庆日还有五天才到，但孩子们已经迫不及待地放着鞭炮，玩着玩具枪开始庆祝了。孩子们在音乐台附近玩耍着。从某种意义上说，他们打闹的身影给接下来的活动增加了节日气氛。蓝思警长就站在路边看着他们，没有上前制止。

“见到你很高兴，大夫。你也是，爱玻。”我们下车时，警长招呼道。

“你太太也来了吗，警长？”爱玻问道。

“她先进去了，占几个位子。我想出来看看镇长剪彩。”

今晚的客人都受到了特别邀请，所以薇拉·史密斯不用待在售票亭。她在影院门口，和马特·克里莱站在一起，负责在人们入场时检查请柬。克里莱发现特伦滕镇长出现时，暂时停止了观众入场。入口处拉起了一段红色彩带，我们都围拢过去。

“朋友们、镇民们，”身段结实的镇长说道，好像在发表竞选演讲，“我很荣幸今晚出席本镇百年纪念的标志性活动之一——北山镇影院，本镇第一家有声电影院的盛大揭幕礼。”他举起剪刀剪断缎带。人群里爆发出一阵欢呼。

人们跟在镇长身后，拥入影院。我注意到加斯伯·德里克在进场时，凑在薇拉·史密斯耳边低声说了几句。不管说话的内容是什么，总之薇拉红着脸笑了。爱玻和我在中间几排找到了座位，警长夫人也在同一排另外一头，我们朝她挥挥手。过了一会儿，蓝思警长走进来，抓住我的胳膊。

“大夫，有麻烦了。特伦滕镇长想在隔音室里看完影片上半部分。”

我忍不住笑了：“警长，你该不会是迷信吧？我们去房间检查过了，天花板上根本没洞。再说了，不管费雷迪是不是认真的，反正他已经死了。”

他摇摇头：“我就是觉得不妙，有点命中注定的不祥意味。”

“那我去和他谈谈。”我说。爱玻答应帮我守住座位。不过，她激动不已地看着场内观众，我也不抱多大指望。

特伦滕跟马特·克里莱和加斯伯·德里克在一起，欣赏着影院内部装潢。马特第一个跟我搭话：“大夫，如果镇长坚持要在隔音室里看电影，你能不能陪陪他？我得去楼上放映室忙活，警长最好守在门外。”

“我觉得你们都太大惊小怪了。”特伦滕说，我同意他的说法，“我只打算在房间里待五到十分钟，感觉一下。然后我就出来，和大家坐一起。”我突然想到，他这么坚持，可能是想争取年轻女性的选票。当晚，马特并未邀请有小孩儿的三口之家试坐隔音室。

“那我陪你坐到出来为止。”我说，“走吧。”

马特·克里莱终于笑了笑，招手叫薇拉：“告诉引座员站在后排。我可不希望他们挡住观众的视线。”

我和镇长走进正面全是玻璃的房间，在第一排坐了下来。吸音面板让我的耳朵感觉怪怪的。我张嘴说话时刻意压低声音，过了一会儿才想起来，外面的人根本听不到我们说什么。“玻璃真厚，不赖嘛。”我说，“肯定花了克里莱不少钱。”

特伦滕镇长点点头：“在这方面，连波士顿也比不上本镇。”

“今晚尊夫人去哪里了？”我随意问道。希尔达·特伦滕年近中年，个性不错。她经常陪镇长出席社交活动。

“我本希望她能及时赶到。今天下午，她有急事回趟西恩角镇娘家，去看看她母亲。”

“西恩角镇。售票女郎薇拉也从那儿来。”

特伦滕咕哝道：“她有些面熟，我可能在哪儿碰到过她。”

放映大厅灯光暗了下来，华丽的红色幕布拉开。屏幕上出现第一幅黑白画面时，观众忍不住鼓起掌来。隔音室的顶部安装了扬声器，音乐从扬声器里传出来。“这些座位还真不赖，”我对镇长说，“不过，克里莱应该铺上地毯。”

特伦滕注视着大屏幕，随便咕哝了两句。

首先上映的是第二部影片《神奇的人》，讲述一帮恶棍在心灵导师的帮助下改邪归正的故事。特伦滕镇长好像看过朗·钱尼[①]演的默片版本。还不到十分钟，他就坐不住了，提议我们去外面加入其他人。“我得去找找希尔达。她应该到了。”

就在这时，影片里有个角色掏出一把枪。特伦滕刚一站起来，我就听到一声闷响，好像远远有人开枪。我开始以为是电影里的声音。不过，我身旁的镇长惊叫起来。“哦，上帝啊！我中枪了！”他跌坐回椅子上，我发现他紧紧抓着左肩下。“让我瞧瞧。”我解开他的外套。衬衣染上了血迹，子弹穿入的洞口赫然在目。

这时，门突然开了，蓝思警长把头伸进来，说：“镇长，你太太刚到了。要我带她进来吗？”

“他中枪了！”我叫道，“快去找人帮忙。”

“中枪？怎么可能？房间里就你和他两个人，大夫。而且，我一直守在门外。”

“也许是费雷迪·贝尔干的。”我低声嘀咕道，“快去开灯，我好看清楚怎么救他。”

希尔达·特伦滕听闻噩耗之后，差点昏过去：“他会死吗？我要见他。我要陪着他！”

---

① Lon Chaney（1883—1930），美国无声电影时代的著名影星，绰号“千面人”，以演技出色著称。

“你当然可以见他。”我安抚道，“我们马上送他去医院，他不会有事的。很走运，开枪时他刚想站起来。否则，子弹会射入他额头一侧。”

“不过怎么——”

蓝思警长扶镇长站起来。电影放映早就停了，厅内灯火通明。圣徒纪念医院派出的救护车已经在赶来的路上。“小心点，镇长。”我警告说，“看起来像是皮肉伤，但目前还不能断言。”

他面色苍白，我生怕他会惊厥过去。暗自希望救护车赶快到。加斯伯·德里克出现在人群里，想挤到我们旁边来。“怎么回事？他死了吗？”

“他活得好好的，加斯伯。挡住人群，别让他们过来！”

终于，救护车到了。我们劝说镇长躺在担架上。他脸色稍稍好转。虽然我认为没什么大问题，但还是和他一起上了救护车。我对蓝思警长说：“再检查一次天花板，看看有没有子弹穿过的洞。还有墙壁，也别忘了。那些吸音板——”

“放心交给我吧，大夫。”

希尔达·特伦滕坚持随救护车前往医院。我们到达医院门口时，她看起来比她丈夫更虚弱。住院医生早得到通知，特伦滕立刻被推进手术室。我消好毒，穿上手术袍，戴上帽子，跟了进去。

整个手术只花了十五分钟。拉斯科医生取出子弹，举给我看。“子弹射入体内仅一英寸，”他说，“要么是从很远的地方射入，要么子弹中途穿过阻碍，降低了速度。”

“有可能让他送命吗？”

“当然，要看射中什么地方。他很走运。”他冲手术台弯下腰，“缝上几针，他很快就能康复。”

“保留好子弹。”我说，“警长肯定需要。”

我离开手术室，回到在外面等待的希尔达身边。

“告诉我最坏的可能，山姆医生。”她说，“他会死吗？”

“希尔达，他没事。最多算擦破点皮。”

“不过，有人开枪击中了他！”

“没错。”

“谁会做这种事？”

“政治家都有敌人。”我回答道，心里想起了费雷迪·贝尔。

“他们可能再次动手，甚至就在医院里。”

“我敢肯定，蓝思警长会派人守在病房门口，希尔达。”

我把希尔达的担忧转告警长，他说已经派去了保卫警员。

我把拉斯科医生关于子弹可能穿过什么障碍物的推断告诉他。“枪声听起来确实闷声闷气的。”我补充道。

“类似消音器？”

“我只在电影里听过消音器的声音。不过，在我听来，更像是咳嗽或吸气声。总之，确实有枪声，只不过声音不大。当然，也可能是吸音条造成的效果。”

蓝思警长摇着头：“怎么样区别都不大，大夫。不管是窗户、墙壁还是天花板上，都没有子弹孔。吸音条上的小洞全都没有子弹大。门虽然不是你喜欢的严格意义上的密室状态，但也差不多了。要知道，我就守在门口，而你一直在室内。没人进去过，也没人从门口射击。完全是不可能犯罪，大夫。”

“只要多想想，没有什么是不可能的。也许费雷迪·贝尔真想杀镇长。只不过，他在遗书里说的手法是假的。假设他预先在隔音室里设下了某种陷阱——在某个坐椅里，又或者在某个喇叭里藏上一把枪，设置特定时间，自动开枪。”

“我也不知道，大夫——”

“我们去实地看看吧。”

特伦滕镇长中弹的事让马特·克里莱沮丧不已，他中途停止了电影放映。我们赶到电影院时，他正在空荡荡的大厅里来回踱步，激动异常。“加斯伯·德里克说，你们事前就得到了警告，”他指责我们说，“这是真的吗？”

“不全是。”蓝思警长答道，“我们以为威胁已经消除了。”

“这可是我电影院盛大的开幕礼，你们却一手毁了它。”

“毁掉它的可不是我们，”我提醒他说，“而是那位凶手。”

我跟着警长走进观影厅。他早就派人守在了隔音室门口。“隔音室里，一切都跟我们离开时一样，”他说，“我检查了墙壁和天花板，但什么也没碰。”

我看得出来。沾了血的手绢还躺在特伦滕座位旁的地板上。他中弹后，我替他脱下来的海军蓝外套也躺在一旁。还好，外套没怎么受损——内衬上有一两处血迹而已。“你可以把外套带回给镇长，”我说，“有没有这种可能？某个吸音条可以移动，或者吸音条背后隐藏着小暗门？”

“不可能，大夫。每个我都试了，甚至检查了楼上的放映间。”

我找来一把梯子，亲自检查了扬声器。里面果然没有枪。然后，我仔细地把所有坐椅翻了一遍——结果还是一样。影院崭新的地面一尘不染。我在地上捡起一小张红纸片。比指甲盖还小。除此之外，一无所获。“走入死胡同了，警长。”我终于说道。

“连你都被打败了？”

“也许吧。告诉我，加斯伯·德里克怎么会知道费雷迪遗书的内容？他对克里莱说，警方事先收到了警告。”

“今天下午聚会的时候，特伦滕镇长自己说出来的。说他晚上前往剧院，颇有点林肯总统[①]式的悲壮。”

“你认为整件事跟加斯伯有关吗？”

蓝思警长挥挥手：“我表示怀疑。在我看来，他对芝加哥的消息更感兴趣。”

“芝加哥？”我差点忘了，今天是民主党正式公布其总统候选人的日子。纽约州长富兰克林·D. 罗斯福[②]在第四次投票后赢

① Abraham Lincoln（1809—1865），美国第十六任总统。1865年在剧院遇刺身亡。

② Franklin D.Roosevelt（1882—1945），美国历史上最著名的总统之一。著名政绩包括对抗大萧条的罗斯福新政以及第二次世界大战宣布对德对日作战等。他是美国历史上唯一连任四届的总统。

得了候选人席位。让众人吃惊的是，他亲自飞到芝加哥，发表接受候选人席位的演说。

“罗斯福在演说中提到废止禁酒令[①]，跟胡佛[②]两周前干的一样。不管谁当选，禁酒令肯定要废止了。”

“这跟加斯伯有什么关系？”

“这个，我不该多嘴——”

“警长，已经死了一个人，另外一个今晚差点儿送命。如果加斯伯跟——”

蓝思警长略显不安：“大夫，这不过是我听来的小道消息。也许跟今晚的枪击案毫无关系。你瞧，如果明年禁酒令被废止，任何囤积了大批进口酒类的人都会很高兴。”

“你是说，私酒贩子？”

“或者持有国家颁布的执照，打着医用的旗号，合法进口的人……我听说西恩角有家新医药公司就在干这勾当。”

“西恩角？”那地方不断被提及，“加斯伯跟此事有关？”

“这个，我还不能证实。不过，在政府里若没点关系，怎能搞到执照？我听说西恩角有个仓库，堆满了苏格兰威士忌，就等着禁酒令废止呢。医药公司派帕金斯敦保全公司的人守着仓库。”

---

① 从1920年1月17日起，美国宪法第18号修正案——禁酒法案正式生效。根据这项法律规定，凡是制造、售卖乃至于运输酒精含量超过0.5%以上的饮料皆属违法。一直到1932年罗斯福上台后，禁酒令才得以撤销。

② Herbert Clark Hoover (1874—1964)，美国第三十一任总统，任期为1928年到1933年。在1932年的大选中败给了罗斯福。

我们回到大厅，薇拉·史密斯和克里莱待在一起。“如果没有其他事，我打算回家了。”她说。

“去吧。”影院老板闷闷不乐地说，“也许明天情况会好点。”

“等一下，薇拉。”我大声道，“我陪你去取车。”

朝外走时，她掏出车钥匙：“特伦滕镇长会好起来吧？”

“我看没问题。很幸运，枪声响起的时候，他刚好站起来。”

“不过，到底是谁干的？怎么办到的？”

“我们正在查，”我说，“你住在西恩角镇，对吗？”

“没错。”

“我看到你刚刚和加斯伯·德里克聊天。你在西恩角见过他？”

“当然，所以我才认识他。我有时候在银行碰到他，有时候看到他买东西什么的。”

“他在镇上有生意吗？”

她不确定地说：“我没听说过。”

我替她拉住车门，她爬进福特车驾驶室。“你能不能回去打听打听，看他有没有跟谁做生意？”

“如果你坚持的话，没问题。”不过，我听得出来，她不会真去打听。

我目送她离开后，再次回到剧院内。警长正在往隔音室门上贴封条。“封上几天，免得别人进去破坏现场。”他说，“我们明天再来查查看。”

“你有什么想法吗，警长？”

他看着我，摇摇头：“该死，大夫，我们知道凶手是谁。问题是，凶手昨天自杀了。”

我有点担心特伦滕市长的安全。次日一早，我看到他下了床，准备回家，大大松了口气。“谢谢你把外套给我送来。”他说，“至少我出院的时候，看起来要比昨晚被送来的时候精神。”

“肩膀伤口怎么样了？”

“拉斯科医生让我十天后回来复诊，拆线。这两天伤口可能会有点渗血，不过没其他问题。”

希尔达·特伦滕来接丈夫，笑容可掬。她恢复了镇定，再次表现出镇长夫人的气派。“警长抓住凶手没有？”她问道。

“他有些头绪了，”我撒谎道，然后，我又补充了一点事实，“他在调查西恩角的事。”

特伦滕因为失血过多，走起来还有点不稳。不过他倒是顺利地自己走上了车。副警长紧跟在后面。蓝思警长给他的指令是，贴身保护镇长，直到这个黄金周末过完。蓝思警长还指派了另一名副警长，晚上去镇长家接班。

我在市政广场找到了蓝思警长。他正装模作样地追逐几个玩鞭炮和玩具枪的小孩子。“由他们去吧，警长。”我高声道，“人家又没犯法。”

“他们点着了草地。”他抱怨道，弯下腰捡起一个刚刚爆响的红色爆竹球。

“特伦滕镇长回家了。”

“很好。”他露出一贯的迷惑表情，说，“大夫，我检查了他们从镇长肩膀中取出来的子弹。我只用放大镜看了看，不过从大小和子弹上的刻痕来看，很像杀死费雷迪·贝尔那种。”

“哦？”

“不过，那把枪从星期二就被我锁在办公室保险柜里了。”

“我明白你的意思了。”

“这是密室，是不可能的枪击，而且凶器早就被我锁在保险柜里了！”

“你能找到西恩角那个私酒仓库吗？”

“啊？”

“装满苏格兰威士忌的那个仓库。”

“我不知道。也许吧。那边仓库太多了。”

“那我们出发吧。”

“去干吗？你想找什么，大夫？”

“找到拼图的最后一个碎片。我想弄清楚，仓库里的威士忌酒和费雷迪·贝尔桌上那瓶是不是一个牌子。”

他久久地看着我，最后说：“我们出发吧。”

一路上，我整理着思路，终于弄清楚了发生的一切。听起来虽然疯狂，但细想却有道理。

我们心里都清楚，西恩角超出了蓝思警长的管辖范围。不过，既然他不打算抓人，倒也没区别。警长很快找到了圣徒医药公司的仓库。他对帕金斯敦的保镖说，我是医生，来查看他们医用威士忌的库存，花言巧语骗得保镖的信任。

“进去吧，我想没问题。”保镖松了口，“老板就在里面。”

“我们正想找他。”我说。

他领着我们穿过成堆威士忌酒箱中的通道。我看了看威士忌商标，跟我预想中果然一样。在仓库最后面有间小办公室，里面还亮着灯。我们靠近时，有个陌生男人走了出来。他皱着眉，朝我们走来。

“掏出你的枪，警长。”我低声说道。

跟在陌生男人之后，出现在我们面前的人，居然是特伦滕镇长。

有那么一刻，我们面对面站着，彼此都惊得目瞪口呆。特伦滕镇长回过神来，冲一个手下吼道：“对他们开枪！他们是抢匪！”

蓝思警长没掏出枪，反而掏出了警徽：“镇长，你说这种话是什么意思？让你的手下先别动手。我想，山姆医生有话要说。”

“没错。”我向前走了两步，在窄窄的走廊中，面对特伦滕镇长站定了，“我得承认，你差点儿骗过了我们所有人。你几乎成功地换转了凶手和受害人的角色。费雷迪·贝尔成了凶手，你反而成了受害人，但事实上刚刚相反。费雷迪知道你和私酒仓库的关系。禁酒令眼看就要撤销了，他多半想敲诈你一番。你带去一瓶威士忌，让他喝掉半瓶，趁他醉醺醺的时候杀了他，并模仿他歪歪斜斜的笔迹，伪造了遗书。你应该把剩下的威士忌倒进下水道。半瓶威士忌是最早让我起疑的线索。”

“你好像忘了，我自己也中了枪。”特伦滕说，“蓝思，我要撤你的职。”

警长一言不发，让我负责说话。“你中枪是最妙的一步棋。我分析出你的手法，但你为什么要这么做，我就只能猜测了。你怕贝尔留下什么东西——比如说一封信，指控你通过政治关系获取进口医用威士忌的执照。如果他死后，这封信流传出来，那你马上会成为头号嫌疑犯。要怎么样，你才能既杀死勒索者，又逃脱嫌疑呢？很简单，你伪造一封遗书，造成他计划杀你，喝醉之后误认为自己已经动手的假象。这样一来，即便他真留下了指控你的信件，看起来也像是喝醉了说的胡话。”

“我中枪时，你就在旁边看着。”特伦滕镇长提醒我说。

“为了造成中枪的假象，你还真是铤而走险。在到剧院之前，你先用冰锥之类的在肩膀下扎了个洞，然后把射出的子弹头塞进伤口。我希望你记得给弹头消毒，否则会感染。你在伤口塞了条手绢，可以吸掉渗出的血。一切准备就绪后，你出发前往影院。你也许认为，在费雷迪怪异的遗书被发现后，自己如果能真挨上一枪，就能进一步扰乱警方的视线。哪怕他勒索你的信件曝光，警方也更加不会怀疑你是凶手。不过，我们从一开始就应该意识到，所谓枪击镇长得以实现的前提条件是，镇长要在隔音房看电影。不管凶手是谁，他无法预料到你坚持要进隔音房。因此，不管是贝尔还是其他什么人,都不可能预先布下杀人机关。只有你能预先安排一切,镇长。”

“你坐在我旁边,应该也听到了枪声。”

“我听到了爆裂声,是小孩子用的玩具枪开枪的声音。你事先把它扔在隔音室地板上。准备站起来的时候,你重重地踩在玩具枪上,让它发射。声音还不小,很容易被误认为是沉闷的枪声。玩具枪子弹大概就粘在你鞋底上,不过,我在地板上还是发现了一小块红色碎屑。玩具枪一响,你就扯出堵住伤口的手绢,扔在地板上,让血流出来。你想到了在衬衣上挖子弹大小的孔,但外套你不能先动,否则大家全看到了。我后来才想到,毫发无伤的外套正好暴露了你的诡计。今天,我故意提起西恩角的线索。你坐不住了,甩开警长派来保护你的警员,亲自来确认一下是否一切如常。”

“我要走了。”特伦滕吼道。他转过身,我们还没反应过来,他已经沿着窄窄的走道奔跑起来。

“跟我来!”警长对我高声叫着,朝他追了过去。

我们追到一半,我才意识到这是个陷阱。特伦滕推倒了一摞酒箱,想压死我们。他真是个强悍狡猾的对手……

★　★　★

“当然,”霍桑医生最后说道,“我还坐在这儿讲故事,所以你知道我没死。蓝思警长也没事。箱子倒错了方向,把特伦滕镇长压在了下面。我们把他拉出来时,他已经死了。在生命的最后几天，镇长可能已经发了疯。所以他才会想出那么牵强的杀人计划，还弄伤自己，朝体内塞入子弹。我们一直没对其他人公布真相。既然贝尔和特伦滕都已经死了，警方就当做自杀和事故来处理。即使有人怀疑镇长在装满威士忌的仓库里做什么，也没有人公开提过。不过，私酒仓库的故事还没完。联邦探员派人来接手，私酒贩子们想抢先搬走库存私酒。建镇百年的夏天还没过完，又发生了一起凶杀案。而且，那起案子和特伦滕镇长枪击案一样，乍看上去，完全是不可能犯罪。”

30

致命爆竹谜案

“请进来，”山姆·霍桑医生催促着，冲他身旁的坐椅挥挥手，“我刚倒了一小杯酒，正想有个伴呢。这么一说，我倒想起来了。今天，我要跟你讲讲一九三二年夏天，独立日[①]前的那个周末，我和警长发现满满一仓库威士忌私酒所引发的故事。你知道，那年是北山镇建镇百年纪念，人们每天都在庆祝……”

★　★　★

那年国庆节是礼拜一，我估摸着蓝思警长经过头一周的忙乱之后，很想平平静静地度过假日。不过当天一大早，两个西装笔挺的男士就驾车来到本镇，向警长挥舞着证件。来人名叫查尔斯·西蒙斯和詹姆斯·雷迪，都是波士顿禁酒局的探员，特意开

① 7月4日，美国国庆日，又称独立日。美国13个殖民地于1776年7月2日在费城召开的大陆会议上通过，7月4日为独立日，表示从此脱离英国的统治。

车赶来，接收我们在西恩角发现的一仓库威士忌私酒。西恩角虽然在另外一个郡，但蓝思警长和我一起发现仓库之后，暂时接管了下来。

那一周我的护士爱玻刚好休假。她在切斯特湖边租了栋小屋，邀请蓝思警长、警长夫人薇拉和我国庆日当天一起去度假。薇拉和爱玻一早就开车出发了，我们打算中午赶去和她们会合。警长打电话来时，我正在圣徒纪念医院的新办公室里，刚看了几个病人。警长在电话里说了个坏消息。

“大夫，我想中午我去不了爱玻的小屋了。两个禁酒局的警官刚到。我得和他们去趟西恩角。”

“我去接你，我们再一起去湖边好了。反正顺路。”

“这也不行，大夫，我答应奥斯沃德兄弟，要去趟修车厂。我打算从西恩角回来就去。”

我不想令爱玻和薇拉失望，想看看我能不能帮警长干些什么。“奥斯沃德又怎么了？我能替你去吗？”

“这个，我看行。你知道的，马科斯·韦伯一直想买他们的修车厂。他们说马科斯在他们的修车厂里搞鬼，好迫使他们出售。昨晚，有人打碎了修理厂的窗户。”

“在我看来，破扇玻璃窗算不上什么大事，不至于妨碍你度假。我离开诊所就去晃一下，跟他们说你明早再去。”

“太感谢了，大夫。”

“然后我就开车来西恩角，到仓库接你。”

“好的。我猜他们只是让我带个路，他们自己可以接管仓库。周末时，我派副警长一直在那儿守着，应该没问题。”

我锁上办公室，开车到镇上，直接前往奥斯沃德的修车厂。十年前，北山镇压根儿不需要汽车修理厂，不过现在镇上一半人都有了车。如果不是大萧条，另一半估计也下了手。奥斯沃德兄弟名叫特迪和比利，都快满三十岁了。他们从我到北山镇起，就开始修理福特T型轿车了。修车厂则是去年刚开张，很快聚集了一帮同样对汽车感兴趣的男孩儿。也有人抱怨过傍晚太吵，不过事态从未变得有多严重。

镇广场上有很多人在燃放烟花爆竹，声音比修车厂大多了。当天晚些时候还有乐队的音乐会，这也是独立日的惯例。不过就目前而言，广场上全是放烟花、放爆竹和用玩具枪打闹着的人们。喧哗声让我想起了几天前才发生的不幸谋杀——正是那起案件把我和警长引向了藏满私酒的仓库。不过，那已经过去了。我告诉自己，在国庆日里，北山镇不会发生比打烂窗户更严重的罪行。

两兄弟中的弟弟——比利·奥斯沃德站在门外等着我。他还是孩子心性，我把车停在街对面时，看到他正在点爆竹。对此我毫不意外。点燃引线后，他跑出二十英尺远，等爆竹砰地爆开时，脸上露出了满意的笑。有几个孩子远远看着这一幕。

“大夫，你汽车的车况还好吧？”看到我时，他问道。

“棒着呢，比利。你哥呢？”

“他在里头，修一辆雪佛兰[1]。”

我跟他进入修理厂。特迪·奥斯沃德正在换轮胎。他跟比利比起来，更加严肃，但长相略逊。姑娘们总是追在比利后头，完全无视特迪。兄弟俩倒是完全不在乎。

“我听说你们有扇窗户被打破了，特迪。”我说，“蓝思警长让我来告诉你一声，他明天一早过来。”

特迪拿起木槌，试着把雪佛兰护泥板上的凹痕敲平：“是马科斯·韦伯干的，我知道是他。如果他敢出现在这儿，我手里的槌子肯定往他头上招呼。”

比利走到汽车另一边。“没错，就是马科斯。”他附和道。

“他干吗急着弄到这间房子。”我问，“地下难道藏着油井？”

“对于发展本镇，他计划多多。他想在这块地上修办公楼，一层做商铺。”比利也拿起一个木槌，帮着敲平凹痕。不过，他没他哥熟练。特迪终于还是叹口气，从他手里接过槌子，演示起来。

就在此时，朵拉·斯普林斯廷走进修理厂。她是比利的女朋友，是个金发美女，在街那头的杂货店里卖汽水。“他们打碎的是哪扇窗户？”不知道她具体问的是谁。

“就在后面，”特迪说，“瞧，这就是他们扔进来的石头。”

她从工作凳上拿起特迪所指的石头：“这玩意儿比鹅卵石大

---

① Chevrolet，美国人昵称为Chevy。美国通用汽车公司旗下最大的汽车品牌。变形金刚电影版中，广受喜爱的大黄蜂的汽车变形就是雪佛兰旗下的运动车型。

不了多少。我看大点的爆竹都能把它炸飞。也许就是个事故。”

我赞同她的观点。“没错，也许根本不用警长出面处理。”我说，“如果你愿意，我可以跟马科斯说说，让他别逼你们兄弟俩。”

“没人能跟马科斯说得通道理，”朵拉说，“他来买汽水那神气，好像自己就是老板一样。”

比利·奥斯沃德打开储藏柜，取出两大盒爆竹：“来吧，特迪——我们关上店，去玩玩。该死，今天可是独立日。”

我可不想被一再提醒。就在一九二四年，我刚到北山镇不久的独立日，公园的乐队舞台上发生了一起谋杀案。虽然那之后的国庆日都是风平浪静，但在我看来，总透着几分不祥。“你们的爆竹真多，够把整个北山镇炸飞了。”

比利举起一包还没拆封的鞭炮：“这些冲天炮留着晚上放。其他的什么时候放都行，比如现在！”

我不情愿地跟着奥斯沃德兄弟俩和朵拉，一起朝街对面公园走去。突然，一辆黑色轿车停在路边，吸引了我们的注意。我发现蓝思警长坐在副驾驶位上。

“大夫，这位是波士顿警局的詹姆斯·雷迪。后面那位是查尔斯·西蒙斯。”

我朝面色严峻的两位探员笑了笑。前排的雷迪喉咙里哼了两声。西蒙斯一言不发地爬出车外，伸伸腿脚。也许他们也不愿意在独立日工作。“很高兴见到你们。”我说，“警长，我还以为你们在赶往西恩角的途中。”

“我把仓库钥匙落在了办公室，不得不先过来拿。”

查尔斯·西蒙斯叫住比利·奥斯沃德：“先生，等一下。你打算燃放这些爆竹吗？”

“没错。你是谁？”

西蒙斯亮出证件：“最好让我检查一下。”

蓝思警长闻到麻烦的味道，赶紧插手：“西蒙斯先生，本地法律不禁止放鞭炮。只要他们小心从事，我们就不干涉。”

官老爷不怎么乐意地把鞭炮还给比利：“好吧。不过放的时候小心点。”说着，他回到车里，关上车门。

“西恩角见。”我目送警长驾车离开。

“这些警察啊，”朵拉·斯普林斯廷说，“他们就会惹麻烦。”比利穿过市政广场草地，我和她踌躇不前。我看着比利拆开包装，拿出一个中等大小的爆竹。他站在草地上，把手伸进宽松的衬衣口袋里，拿出一盒木头火柴。“要放就快放，比利！”他哥喊道，“别小题大做的，惹人烦。”

比利跪下来，背对我们，想划着火柴。他恼火地转过身来，我看到他在火柴盒旁边划着，没燃。划第三下时，火柴终于断成了两截。比利郁闷地站起来。

“快点，该死！”特迪·奥斯沃德叫道。

比利重又拿出一根火柴，这次还是没划着。特迪实在受不了，跑上前去，从他手里抓过火柴盒，重新拿出一根。这回一次就划着了。他弯下腰去点引线，比利嘟嘟囔囔地走向一边：“鞭炮是我的，至少你该让我亲手来点。”

引线点着时，我注意到了不寻常的闪光，当即知道情况不对。特迪肯定也意识到了，但他来不及跑开。一阵震耳欲聋的爆炸声后，火光包围了特迪，并且烧到了比利身边。

人们惊叫着四下逃散。硝烟散去后，我们发现奥斯沃德兄弟俩都躺在了地上。

特迪·奥斯沃德当场送了命。比利后背被烧伤，可能还有脑震荡。我当场尽量处理好比利的伤口，之后他被救护车送往了圣徒纪念医院。蓝思警长一行在出城前听到爆炸声，赶紧赶回了现场。他一看到发生的一切，马上决定和我一起留在现场，派一名副警长陪禁酒探员们去西恩角。

“你认为是怎么回事，大夫？”救护车离开后，他问道。

“我知道才有鬼了。也许是劣质爆竹惹的祸。不会有其他原因吧。”

警长把散落一地的剩余爆竹收在一起。幸好它们离爆炸点比较远，一个都没爆。不过，警长还是小心翼翼地摆弄着。

“看，这儿有个洞。”我们目瞪口呆地盯着爆炸现场时，警长说道，他检查着手里的爆竹，摇摇头，“你知道吗，大夫？我认为刚刚爆炸的是半管炸药。从爆炸形成的坑洞大小看，刚好符合。”

“怎么可能？我亲眼看到比利拆开包装，而且鞭炮是在工厂包装好的。”

"你还记得引线的情况吗？"

我记起当时的情形，点点头："引线燃得飞快，就像开矿或者建筑工地用的那种炸药长引线。只不过，它没那么长，只有几英寸，和其他鞭炮上的引线差不多。"

"大夫，如果是劣质鞭炮，工厂搞错一样我还能信，两样都搞错就不大可能了。难道他们装错炸药又接错了引线？你怎么看？"

"我看是谋杀，"我不得不承认，"不过凶手是怎么办到的？"

"这方面你是专家。"

"还有个问题，"我说，"如果真是谋杀，两兄弟都是凶手的目标呢，还是比利一个人？"

"比利？"

"是他拆开包装，试图点燃引线。不过他碰到点麻烦，所以特迪才中途接手，亲自去点。"

蓝思警长点点头："我看，我们最好去医院找比利谈谈。"

医院的医生把比利后背的伤处理得很好，但还是有些痛。他趴在床上，头朝我们，显然正处在悲伤中："我不敢相信特迪死了。到底是谁，这样对我们？"

"会不会是马科斯·韦伯？"警长说，"你不是说他朝你们的厂里丢石头？"

"丢石头和杀人可不是一回事，警长。哪怕是韦伯，我也不敢相信他会做这种事。"

警长带着鞭炮包装纸，上面印着红色粗体字样：超级威力牌鞭炮一打。请慎重处置。“你能向我们演示一下，你是怎么拆开包装的吗？”

“我扯下封条，扯掉一边的包装纸，好拿一个出来。我拆包装前没细想。山姆当时看着我，对吗，山姆？”

“没错，”我说，“他是随手拿的，如果你想问的是这个。他伸手进去的时候看也没看，随便抽出一个。然后他把整包鞭炮放在旁边，剩余的鞭炮散落在草地上。”

蓝思警长点点头：“比利，有没有其他人跟你们结怨？你应该意识到，如果火柴划着了，死的就是你，而不是你哥哥。”

“没人知道放鞭炮的会是我，而不是特迪。”他坚称，“昨晚他还放了几个冲天炮。会不会是鞭炮厂的失误？”

“我们认为鞭炮里错装了半管炸药，比利，而且引线也不对。大大说特迪刚一点燃，引线马上就烧起来了。”

“我宁愿死的是我。”比利趴在枕头上，闷声闷气地说。

然后，我们离开了医院。蓝思警长要去检查其他爆竹，我打算去找马科斯·韦伯谈谈。

我在马科斯位于枫树大街的家里找到了他。他家离市政广场只有几条街的路程。我到的时候，他正坐在门廊上看早报。马科斯块头很大，嘴角时常叼着香烟。他是社区领袖。一想到北山镇的未来要靠韦伯这样的人，我就痛恨不已。

"你好啊，山姆医生。"他放下报纸，招呼道，"我听说广场那边出了点事。我太太和女儿过去看热闹去了。"

"韦伯先生，你不想去凑凑热闹吗？"

他把灭了的烟头从嘴里拿出来，厌恶地看看它，说道："我的腿最近不大方便，不能像从前一样到处乱跑了。"

"特迪·奥斯沃德在爆炸中丧命。"我说，"比利也受伤了。"

"太糟了。"

"爆竹里混进了炸药，目前只查到这个地步。"

韦伯咕哝道："鞭炮厂居然会犯这种错？太可怕了。"

"也许不是制造商的错。奥斯沃德兄弟好像认为你在威胁他们，迫使他们把修车厂卖给你。"

"胡说八道。我出了个慷慨的报价，他们拒绝了。仅此而已。"

"你昨晚朝修理厂窗户里扔石头了吗？"

"当然没有！"

听起来他说的是真话，不过我见过很多高明的说谎者。我看到他妻儿从市政广场的方向往回走，决定先问到这儿为止。"警长可能要找你。"离开时，我对他说。

"他知道在哪儿能找到我。不是这里就是我办公室。"

我直接去监狱，蓝思警长正在办公桌后忙活。他并不是那种崇尚科学办案的神探，但我必须承认，在检查剩余的鞭炮上，他干得很不错。他把所有的引线都切了下来，排成两排，每排六根。然后每根切一段，试试燃得有多快。

"都燃得不快,大夫。"他说,"全都没问题。而且鞭炮里的火药也没问题。既没有炸药,也没有其他任何不该有的东西。"

我点点头:"所以比利只有一次机会拿到那个要命的鞭炮。警长,看起来不是谋杀。"

"除非又是你最擅长的不可能犯罪,凶手干得很巧妙,乍一看根本不像犯罪。"他把引线全部放进抽屉,"好吧,我得赶回西恩角去了,看看联邦警员们想干吗。一起去吗?"

"我想再去奥斯沃德的修理厂看看,可能完事后再来找你。我还不死心,希望今天结束前,我们能赶到爱玻的小屋。"

我赶到修车厂的时候,大门紧闭,正想离开,却发现通往修车厂背面的走廊里有个人。原来是朵拉·斯普林斯廷,她正把手穿过破掉的玻璃窗。

"你在干吗?"我走到她身边,问道。

她小心翼翼地把手收回来,怕被尖锐的碎玻璃割伤:"我在试验一个推理,你想听听吗?"

"当然。我最喜欢推理。"

"昨晚扔进来的这块石头没造成多少损害。但是,如果肇事者的目的不仅仅是打碎玻璃,而是想闯进修车厂呢?"

"破洞只有六英寸见方,要钻进去可不容易。"

"但我的手能伸进去,而且可以够到窗闩。"

突然我来了兴趣,亲自试了试。果然,她说得没错。可以伸手进去拔出窗闩，打开窗户闯进去。完事以后再关上窗户，拉好窗闩。“为什么有人想闯进去？”

“那些爆竹就放在没上锁的柜子里。有人从窗户爬进去，用做了手脚的爆竹替换掉原来那包。用包装纸包好假爆竹也不难——只要他有时间。”

我摇摇头——因为欣赏而摇头。她显然误解了我的意思。

“好吧，那你怎么看？”

“大概就像你说的那样。”

“是马科斯·韦伯干的吗？”

“我这么想过，”我承认，“刚刚我去找过他，他否认一切。”

“他想把兄弟俩赶出这栋楼。”

“我知道。”

“比利在医院里待着安全吗？”

“我认为安全。哪怕是韦伯，也不可能蠢到这么快再下手。不过，我最好跟蓝思警长说说，晚上派个副警长守在医院。”

她松了口气：“那就太好了。”

我和她在车库外分手。我驾车离开北山镇，前往西恩角。朵拉关于窗户的说法有一定道理。不过，随手把炸药放在任何人都可能碰的地方？这在我看来既冷血又缺乏特定目标。我得先弄明白凶手锁定目标的方法，才能真正被朵拉的推理说服。不过，从我亲眼所见来看，凶手不可能锁定目标。

终于，私酒仓库出现在视线中。就在此时，我看到一辆大卡车停靠在装卸平台边。名叫雷迪的探员脱了外套，正指挥几个人把私贩的威士忌向外运。我停下车，朝他走去。“怎么样？”我问。

“我们装好就打算出发了。”

“假日还得工作，真辛苦。”

“该工作的时候就不含糊。罪犯可不打算休假，我们也一样。”

我走进仓库去找蓝思警长。另外一位禁酒探员西蒙斯指挥着仓库里的活儿。我惊讶地发现，仓库里的私酒已经搬了一半。“这已经是第三车了，”他说，“我们干得很快。”

“警长呢？”

“他刚刚还在，后来就走了——说是要去钓鱼还是什么。”

我点点头：“今天的天气，钓鱼不错。”

蓝思警长这辈子就没碰过钓鱼竿！

我走出门去，在仓库周围绕了一圈。本该在此的副警长也不见人。

如果警长没有去钓鱼，他肯定还在附近，也就是说，他的车肯定也在附近。我在高高的草丛里，矮树丛下寻找着。就怕发现害怕见到的迹象。

终于，我发现了清晰可辨的汽车轮胎印。从最近形成的小路延伸到路旁的草丛里，朝干涸的河床驶去。河床边有低矮的树丛。我继续往前，走了十英尺，终于看到警长的汽车，车子陷在凹坑里，屁股冲着我。

“站稳了别动，霍桑医生。”突然有个人在我身后说。

我不用回头，就知道他拿枪对着我。来者是詹姆斯·雷迪。“我犯了什么法吗？”我问道。

“回仓库去，聪明人。如果你那么急着找警长，我带你去见他。”

我别无选择，只能举起双手，在他身前走向仓库。西蒙斯在仓库等着我，手里也举着枪。他示意我走进仓库前的一个小办公室里。

蓝思警长被绑在办公室的椅子上，嘴里塞着布头。副警长奥斯卡·佛罗里倒在地上，不省人事。我知道等待我的命运。当身后有动静时，我尽量坦然接受突如其来的打击。

下一刻，我已经躺在地板上，后脑剧痛，不过并未失去知觉。我在地板上静静地躺着，办公室门被他们关上了，从外面上了锁。这之后，我才慢慢坐起来，揉着后脑勺。

蓝思警长被堵住的嘴里传出咕哝声。我替他取出堵嘴的布头，他苦着脸说：“他们不是禁酒探员。”

“我猜到了。”

“他们是私酒贩子。真正的禁酒探员明天才到，他们想赶在那之前，先把私酒弄走。我认出一个卡车司机，记得在办公室的通缉令上看到过他，然后他们就朝我冲过来。奥斯卡挨的那一下可不轻。”

我弯下腰，看了看副警长：“他没事。这不，他醒了。”

“等他们一走，我们得赶快找部电话，通知州警。”

“那得看我们活不活得到那个时候。”我警告地说。

“没错。”

我替警长松了绑，然后我们一起仔细检查佛罗里。他气色还好，我不是太担心。“怎么回事？”他完全清醒之后，问道。

“有个家伙用枪托打了你。”警长说，“大夫说，他们可能会杀我们灭口。”

我们听到外面卡车发动的声音。这一辆刚离开，另一辆马上停过来。“这是最后一车了。”有个家伙喊道。

“有什么办法吗？”我问佛罗里。

“他们搜走了我的枪。”他摸了摸口袋，说，“我只剩下一个爆竹了。”

“一个什么？”警长不敢置信地问道。

“我来之前正在放鞭炮，今天可是独立日。”

“把鞭炮给我，”我说，“快点！”

佛罗里的鞭炮比奥斯沃德兄弟的要小，不过我想也能行。“你打算怎么办？”警长问道。

“等我一点燃引线，我们就一起撞门。如果鞭炮能同时爆响，他们没准会以为我们有枪。这是我们唯一的希望。”

我们几个人的体重加起来，总算撞开了门。就在这时，鞭炮刚好爆响。离我们最近的男人扔掉手里的箱子，举起双手。“我们有枪，西蒙斯。”蓝思警长高声叫道，“放下你们的武器。”

佛罗里一把抓住最近的匪徒，将他丢翻在地，解除了他的武器。其他匪徒也纷纷举手投降。战斗还没开始就结束了。西蒙斯和雷迪不在投降匪徒的行列。他们逃向自己的车子。

警长追出仓库，挥舞着刚刚缴来的武器。有那么一瞬，我还以为这种冒失行为会送了他的命。假冒的禁酒探员已经发动了汽车，朝他直冲过来。他瞄准车轮开了两枪，千钧一发之际，汽车转了方向，撞上停靠在旁边的卡车屁股，差点儿翻过去。

"天哪，本郡甚至不在我的管辖范围。"蓝思警长举着枪，边朝车子跑边说。

西蒙斯和雷迪爬了出来，满身是血，挫败地举手投降。

"干得不错，警长。"我说，"不管在不在你管辖的郡内。"

"我可不会让他们逃掉，"他说，"我认为，就是他们杀了特迪·奥斯沃德。"

当地警员接手后，我们终于可以驱车赶往切斯特湖，在爱玻的小屋和女人们会合。一切搞定后，我们坐在湖畔草坪上，听蓝思警长讲他的推理。爱玻为大家准备了冻柠檬水，薇拉则带了些自己烤的饼干。我们懒散地坐着，看着湖边上的小船，等爱玻做好晚餐。爱玻答应我们要烧几道特别的菜式。

"你瞧，"蓝思警长说，"不管是特迪还是比利，都不是凶手的特定目标。凶手的目的只是引起爆炸，造成人员伤亡。这样一来，就能把我留在北山镇，他们就能自行前往仓库。他们的算盘是，只有一个本地警员跟着，哪怕他起了疑心，也很容易对付。所以，他们拦住奥斯沃德兄弟，装作要检查爆竹的样子。当然，禁酒局根本不管烟花爆竹的事，他们心里也清楚。他们在检查时，西蒙斯换上了做过手脚的那包。比利点的第一根就有炸药，那纯粹是偶然。不过西蒙斯知道，他们很快就会放完整包鞭炮。不管是第一个还是最后一个有炸药都没关系。只要有人被炸伤或被炸死，他们的目的就达到了。”

薇拉喝了口柠檬水，悲伤地看着湖面。

“他们必须赶在真的禁酒探员之前，把私酒弄走。没有什么能阻挡他们的步伐。”

我站起来，朝湖边走去。过了一会儿，爱玻也走了过来。“怎么了，山姆？”

“我也不知道。”

“跟警长刚刚的推理有关系吗？”

“我猜，他的推理听上去不错。我犯不着为了帮可能杀掉另外一堆人的私酒贩子操心。”

“另外的人？但他们没杀特迪·奥斯沃德？”

“跟你说了，我也不知道。总之案件经过跟警长说的不同，但这并不意味着他说的全错。”

“为什么经过不是那样？”

“因为西蒙斯不可能知道比利·奥斯沃德或别的什么人，会在那个特定的时刻，拿着爆竹从街边走过——而且，他更不可能知道爆竹刚好会是超级威力牌。也就是说,他没办法事先准备好动过手脚的鞭炮。而且,那么大包东西,他想掉包我们肯定能注意到。当时,我们盯着他的一举一动。”

“不过,如果不是西蒙斯干的,那是谁?怎么办到的?”

我也不能马上回答。只能站在那儿,捡了几块石头,丢向平静的湖面。过了一会儿,我听到薇拉叫我们吃晚饭。

晚餐正如爱玻承诺的一般美味。而且,饭后她还变戏法似的拿出一瓶法国白兰地,让我们都吃了一惊。“我这可是严格遵医嘱,”她说,“警长,希望这不算犯法。”

“七月四号,一切都可以睁只眼闭只眼。”他举起杯子说。

我们十点过后才离开爱玻的小屋。我先用车送警长夫妇回家。他对过去的一天很满意,等不及明天一早回西恩角去,继续盘问西蒙斯和雷迪。我实在不忍心现在就告诉他真相,破坏他的好心情。

送警长夫妇回家后,我开车来到圣徒纪念医院,探望比利·奥斯沃德。他还趴在床上,打着瞌睡。护士很不情愿地同意我打扰他。“一切由我负责。”我向她保证道。

我和护士说话的声音惊醒了比利,他朝我转过头:“你好啊,大夫。我能很快出院吗?”

“我想过不了几天你就能出院。你很走运。”

“比特迪走运多了。”

“没错，”我低声说，“告诉我，比利，你为什么要杀你哥哥？”

“什么？”他从床上跳了起来。

“镇定点，比利。”

“大夫，你说什么疯话？你亲眼看到我拆开包装——如果有人搞过鬼，也许是韦伯或其他什么人，头天晚上潜进修车厂干的。”

我摇摇头：“不，比利——是你。你把装着炸药的假鞭炮藏在衣服下面。当时，你弯腰点引线的时候背对我们，利用假鞭炮换掉真的那个。你假装两次试点都不成功。你心里清楚，特迪会跟以往一样，抢过来替你点。你唯一的失误是没能及时跑远，所以后背受了伤。”

“我划了火柴！是火柴点不着！”

“也许你事先弄湿了火柴头。当然，其他火柴都是干的，特迪一划就能划着。而那时，你已经走到 边了。”

“这不过是你的想象，根本就没有证据！”比利坚称。

“证据就在蓝思警长的抽屉里。你因爆炸受伤的时候，心里明白不能把真爆竹留在口袋里。因此你把它和其他爆竹一起丢在了地上。警长事后全都捡了起来，以便一一检查引线。我看到他桌上的引线了，一共有十二条，每个爆竹一条。不过，如果蓝思警长捡回了十二个爆竹，也就是说，爆炸的那个根本就不是那包里——而是另外找来的。只有你有机会掉包，比利。”

他一言不发地躺了很久。终于，他说道：“特迪想把我们绑死在修车厂。马科斯·韦伯出了大价钱，特迪根本不愿考虑。我想着，特迪一死，我就可以把修车厂卖掉，然后搬到别的地方去，开始新生活。我不能永远生活在特迪的阴影里。”

“我必须给蓝思警长打电话。”我对他说。

★ ★ ★

“我在本案中的作用到此为止，”山姆·霍桑医生说道，“比利在监狱中等待审判时自杀了。当时我刚好不在北山镇。然后，那年秋天发生了一件事，差点儿使我永远离开北山镇。下次见面时，我再原原本本地告诉你吧。”

31

未完成的画布之谜

“你来早了哦。”老山姆·霍桑医生打开门,说道,“我猜你有点迫不及待,想早些听到我差点儿离开北山镇的事。来,给你倒杯白兰地,先驱驱寒,然后再听我细讲。这故事说起来我还有点尴尬,但若跳过不提,我的乡村行医生涯就谈不上完整。”

* * *

故事发生在一九三二年初秋,那是大萧条影响最深的时候,总统大选也日趋激烈。当然,人们纷纷谈论着,如果罗斯福赢得选举会怎么样。很多人都说,不管选举结果如何,大禁酒令肯定快废止了。因为两个总统候选人都声称要终结它。不过,大选开始那天,我根本顾不上考虑投票的事或禁酒令。那天,我在圣徒纪念医院,照料一个叫汤米·福利斯特的小男孩儿。他在夏末患上了恶性小儿麻痹症。就在那天,男孩儿的病情急转直下。

“他自主呼吸困难。”我对他父母——玛维思和麦克·福利斯特夫妇说道。他们去年夏天才搬到北山镇居住。丈夫在北山镇的新小学任教。

玛维思年纪不大,是个可爱的女人。当她问我"他会不会瘫痪"时,我心都要碎了。

"恐怕会局部瘫痪,"我只得对她实话实说,"但很难说会有多严重。现在,首先要全力抢救他的性命。"

"有什么办法?"麦克痛苦地问道。

"汤米的呼吸神经被小儿麻痹炎症破坏了,所以他呼吸困难。很快,自主呼吸将完全停止。最近,有种装置刚在临床上取得成功,就是德克林人工呼吸机,又称铁肺。四年前斯劳·德克林①发明了这玩意儿。基本上,它就是个巨大的压力仓,包裹住除头部外的整个身体。压力仓装备着马达,可以增加或减少气压,从而使空气进出患者肺部。"

"对汤米适用吗?"

"就我所知,这是目前唯一能救他的东西。斯坦福②有一台,不过,我不知道能不能用。我给那边医院打个电话。"

斯坦福的医生说呼吸机马达在维修,暂时不能用。"大概明天就好了,"他不确定地说,"明天上午再给你打电话,中午之前打。"

---

① 此处应指 Philip Drinker(1894—1972),哈佛大学卫生学教授,于 1928 年发明了铁肺。

② Stamford,美国康涅狄格州西南部的一个城市,属于美国东北部的新英格兰地区,是大纽约地区的一部分。

“明天就来不及了。你知道附近哪儿还有铁肺吗？”

“波士顿有一台。”他告诉我医院的名字。谢过他后，我挂了电话。

只花十分钟我就打听到波士顿唯一的铁肺正在使用中。患者比汤米大不了几岁，是个小姑娘。我给护士爱玻打去电话，让她联系纽约市最大的医院。“我打听清楚后，怎么找你？”她问道。

“我得先看完病。贝克尔夫人和福克斯少校还等着我呢。”去年，医院把闲置的一翼腾出来，给医生当办公室。对我来说，把诊所搬到医院比留在镇上方便得多。而且，越来越多的病人也需要入院治疗。人们在自家出生，在自家离世的日子，已经一去不复返。北山镇每年有超过一半的新生儿在医院出生。而且大量不久于世的病人也住院接受治疗。

贝克尔夫人和福克斯少校正是这类病人中的典型代表。贝克尔夫人昨天才生了个大胖小子。少校是上了年纪的退伍老兵，在一九一八年被德国人的芥子气[1]破坏了肺部机能。没有医生救得了他。我把头伸进病房，跟贝克尔夫人及她自豪不已的丈夫说了几句。在此期间，我不禁想起走廊另一头的福利斯特夫妇和他们病重的孩子。再过几天，贝克尔夫妇就能带着宝宝回家，开始新的生活。但对福利斯特夫妇而言，不管结果怎么样，他们的好日子都一去不复返了。

福克斯少校为人坚强，看着他受苦，我很不好受。他靠坐在

① 一种生化武器，主要破坏人的视力和肺功能，没有解毒剂。

床头，看起来比六十多岁的实际年龄老很多。我到的时候，他正好有个访客——克林特·温莱特。温莱特是北山镇商会会长。福克斯少校位于主街的运动品商店生意不错，很受欢迎，尤其在打猎季期间。少校还发明了很多小东西，帮其他商店提高销量。比如说开罐头的小玩意，又比如说延长灯泡寿命的小发明等。他甚至弄出了助听器，可以帮助听力受损的人。

“你今天怎么样？”我微笑着问道，看看他床头挂的病情卡。

“非常疲惫，大夫。”他喘息道。

“我告诉他，我们需要他赶快回到主街上来。”温莱特尽量高兴地说。他快四十了，为人富有野心，是个男装经销商。他的波浪发型精心修饰过，总被人取笑说像个电影明星。

“他很快就会好起来。”我听起来信心满满，其实心里没底。

福克斯少校咳了几声，挪动身体，想换个更舒服的姿势：“我不知道，大夫。我觉得，德国人的毒气这次真会要了我的命。”

我替他检查了一下生命体征，摸摸脉搏，量量血压，听听心率。他情况不比头一天好，但也没变坏。忙完之后就快中午了。走廊上传来护士为病人送饭的声音。“我得走了。”克林特·温莱特说着，站起身来，“好好保重，少校。如果你周末还在医院，我再来看你。”

“多谢了，克林特。”福克斯少校答道。护士一进来，他又咳起来。护士赶快放下餐盘，帮他调整好枕头位置。

我和温莱特并排向走廊那头走去。“他还有救吗？”他开门见山地问道。

我耸耸肩:“他不可能完全康复。至于这次能不能挺过去,还难说。”

“我真替他难过,还没有家人照顾。”

“谁帮他看店?”

“他雇了个职员,一个叫比尔·布林汉姆的小伙子。你认识他吗?”

我摇摇头:“镇上发展太快了,很多新来的人我都不认识。”

“最近没在服装店碰到你啊,大夫?我们正在大甩卖。”

“谢谢你的消息,克林特。我有空来转转。”

我们在大厅分手。我朝自己的诊所走去。爱玻交给我几张便条,说:“我向纽约的医院打听过了。找到两个铁肺,但都在用。要不要跟更远的城市打听打听?”

我摇摇头:“运输太花时间,他挺不过去。我们只能希望他坚持住,到斯坦福那台修好为止。这是唯一的希望。”

爱玻去吃午饭。我忙完手头的工作后,准备出诊。我答应去看看希金斯夫人,看看她的痛风怎么样了。不过,还没来得及离开诊所,蓝思警长就打来电话:“大夫,我需要你的帮助。”

“我正要出诊,警长。”

“特希·温莱特被杀了。我正在温莱特家。”

“特希?真不敢相信。不到一小时前,我还在医院碰到她丈夫。”

“这里需要你,大夫。你能直接赶来吗?”

"去希金斯家的路上,我可以顺路来一趟。"我说。

我赶到时,克林特·温莱特已经在现场了。他收到消息后直接从店里赶来,简直要被悲痛击垮了。去找警长前,我先好好安慰了他一番。

他就站在特希的小画室里。画室俯瞰着花木繁盛的后花园。被害人瘫在椅子上,面对画架,显然死前正在作画。她脖子上缠着一条长长的、沾满颜料的布。现场有打斗过的痕迹——翻倒的花瓶,里面还插着花。死者一只手上指甲破了——不过,死亡似乎来得很迅速。

"怎么回事?"我问道。

"特希总喜欢在这儿画画。"警长指着画架说道。画架上放着完成一半的水彩画,画上是插瓶菊花。"克林特十一点前离开她。当时,清洁工巴布科克夫人刚到。巴布科克夫人一直在客厅里忙活。画室门关着。清洁女工可以发誓,没人进过这间房。而且,正如你所见,窗户全都上了锁。"

我一一检查了三扇窗,每一扇都从室内锁好。而且,房间没有其他门。"当然,有两个很明显的解释。"我说,"要么克林特在离家前就杀掉了妻子,要么巴布科克夫人在撒谎。"

"她说听到特希四下走动——打开收音机,接电话——而且是在她丈夫离开后。我相信她的说法。这也是我打电话找你的原因。"

我认识巴布科克夫人好几年了,经常在病人家里碰到她。她五十出头,身体很好,为人可靠,以勤劳著称。守寡十年来,她靠每周帮人打扫卫生，赚点钱补贴家用。她家里还有个十几岁的女儿要养活。

“告诉我，从你到达之后，发生的每一件事。”我对她说。

巴布科克夫人哭过，眼睛红红的。不过，她显然已经从打击中恢复过来。“我大概差十分十一点到。每周三都是这时候。温莱特先生说太太在画室作画。我开始打扫客厅，就在门口。他去地下室拿汽车备用轮胎。我听到夫人打开收音机。她作画时总要打开收音机。我继续打扫。二十分钟后，温莱特先生出门了。我听到电话响，刚响一声她就接了起来。”

“你能听出她在和谁通电话吗？”

“不知道，门太厚了，听不清声音。我只听到一声电话铃响。那之后一切平静如常，一直到中午。”巴布科克夫人捏紧手绢，“我敲门，问她想不想吃午餐。收音机还开着，所以我猜她听不到敲门。我打开门，想再问问她。就在这时，我看到了眼前的景象。”

我抬起头，看看蓝思警长。警长就站在巴布科克夫人身后。“警长，你到的时候收音机还开着吗？”

“没有。”

“我给警长打电话时关了。收音机就在电话旁边。”

“也就是说，你并没有亲眼见到活着的特希·温莱特？”

“这个——没有。”

“你没听到过打斗声吗？”

“没有，不过收音机声音很大。”

“这房间里，除了电话和收音机，你没碰过别的东西吧？”

"没有。"

"你敢发誓,你在的整个期间,没人进来过?"

"是的。"

蓝思警长叹口气:"巴布科克夫人,你意识到这番话让自己处于何种尴尬境地了吗?"

"我说的都是实话。"

我们离开巴布科克夫人,去厨房找克林特·温莱特问话。看到我们走近,他站起身来,表情中愤怒超过悲伤:"谁干的?"

"我还想问你。"警长说。

"克林特。"我说,"特希今天上午有客人吗?"

"就我所知,没有。"

"你离开她身边时几点?"

"差一刻十一点。我下楼去拿要修的轮胎,送去修车厂。然后我去医院看福克斯少校。到他病房时,十一点出头。"

"你上午没去店里?"

"没有。我请了位年轻女士帮忙,我不在的时候她会看店。"

"就你所知,特希有什么仇人吗?"

"人人都喜欢她。"

"她和巴布科克夫人之间有没有什么矛盾?比方说,她是不是抓到过她偷东西?"

"没有。没有这种事。"

有些邻居注意到蓝思警长的车停在外面,走了进来。比尔·布林汉姆也在其间。我记得这个名字。“你就是在福克斯少校的运动品商店工作的小伙子，对吗？”

“没错，先生。”他礼貌地回答。小伙子长得不错，体格健壮，二十多岁，比我要小上十岁左右。不过他戴着厚厚的眼镜片，看起来有点显老。

“你住在附近？”

“就在街对面，过去几栋房子就是我家。”

“快到中午时，你在家吗？”

“不，先生。我在店里。少校怎么样了？”

“不比预料中差。”

福克斯少校不可能好起来了，但我没告诉他。我问道：“你在家的时候，有没有注意到谁来拜访过？”

警长和手下把其他人请开，这样就没人听得到我们说话。

他害羞地看了看我：“你是说情夫吗？趁她丈夫在店里忙的时候？”

“我并不特指这个。”

“不，我没注意到任何人。当然，除了巴布科克夫人，她每周三都来。”

我回到画室时，尸体已经挪走了。我看了看电话还有打翻的花瓶，然后把注意力放在未完成的水彩画上。花瓶和花朵的轮廓已经勾勒好，水彩颜料——大块的红色和绿色——涂抹在了叶片和花瓣部分。

蓝思警长带着另外一个邻居来到我身边:“大夫,你还记得海蒂·米勒,对吗?”

她年纪和特希·温莱特差不多大,是个好相处的女人。我替她两个小孩看过病。

“你好啊,海蒂。我都忘了你也住在这条街上。”

“我昨晚来看过特希。真不敢相信,附近居然会发生这种事。”她把头发从眼睛上拨开,表情激动。

“你昨晚见过她?”我很有兴趣地问道,“她丈夫在家吗?”

“克林特?在,他在检查店里的账簿。我跟他问了声好,然后就去见特希了。我们就坐在这间画室,聊她的画。”

我指指画架:“她当时在画这幅静物图?”

“这些花儿,没错。我昨晚就看到她在上色了。”

“海蒂,你跟她很亲密。她昨晚暗示过生命受到威胁吗?”

“没有。”

“你们具体聊了些什么?”蓝思警长问道。

“她的画,我的孩子。她总是对我儿子们很有兴趣。也许因为自己没有孩子。我们经常走动。真不敢相信,她这就去世了。”

“你也请巴布科克夫人帮忙打扫吗?”我灵机一动,问道。

“是的。每周二来一次。”

“她可靠吗?”

“哦,当然。”

“你们发生过矛盾吗?”

“从来没有。”

没什么可以做的了，我和警长一起朝汽车走去。“你知道是谁在十一点到十二点之间给她打电话？”

警长耸耸肩：“也许我们该问问电话局的米利·塔克尔。她可能记得接了谁的电话。”

“交给你了。我还有病人要看。”

“大夫，如果你能帮上忙，那就太好了。克林特·温莱特是本镇商业巨头，我必须尽快破案。”

我在车边停下来：“对于克林特完美的不在场证明，我反而有点疑心。如果巴布科克夫人说的是事实，特希被杀时他正在福克斯少校的病房里。我还是目击证人。对于完美的不在场证明，我总是有点怀疑。”

“你认为克林特雇人勒死自己的太太？”蓝思警长问道，听得出他不太相信。

“我也不知道。巴布科克夫人发誓没人进过房间，因此我们面对的是无解谜案，对吗？”

警长摇摇头：“你能去找找电话局的米利吗？我必须让他们赶快尸检。”

我不太情愿地同意了。希金斯夫人和我约的时间已经过了。好在她情况不严重。我可以明早再去。

温莱特的男装店离电话局只隔了一条街。我决定先去他店里一趟。我记起克林特·温莱特说他请了个年轻女士看店。乐蒂·格罗斯是个深色头发的美女,从高中时期就很受男孩子欢迎。

“山姆医生。”她招呼道,“温莱特先生不在。你大概听说关于他太太的不幸了。”

“我正从他家来。真是悲惨的不幸。”

“他们非常亲密。估计够他受的了。”

“乐蒂,他早上来过店里吗?”

“没来过。我想他直接从家里去了医院,去看福克斯少校。我十点开门,他十二点出头到店。就在警长来电话前。”

“多谢你,乐蒂。”我说,“回头见。”

我从商店走到电话局,爬上二楼,找到米利·塔克尔和另一个姑娘,她们正在交换机前忙活。两个姑娘都高中毕业没几年。要是她早生几年,一准是个弗兰普新女性[①]。不过,她著名的查尔斯顿舞[②]往往令舞会增色不少。

“你好啊,米利。今天过得怎么样?”

“霍桑医生!你到这儿来干吗?”

另外的接线员往亮起的插孔里插了根接线,用刻板的声音说道:“请说号码。”

“你听说今天上午发生在特希·温莱特身上的惨剧了吧。”

---

① Flapper,20世纪20年代出现在美国的新女性,追求新事物,剪短头发,穿超短裙,崇尚个性解放。

② Charleston,快节奏的美国黑人舞蹈,据说因19世纪末起源于美国南卡罗来纳州的查尔斯顿市而得名。20世纪20年代开始广泛流行。

“她被人杀了。太可怕了！”

“就我们判断，她死在上午十一点到十二点间。清洁工巴布科克夫人说，在此期间听到电话响了一次。你会不会刚好记得，打电话的是谁？”

“天哪，霍桑医生，我们一天得接多少电话。罗丝和我在插拔线的时候，几乎不怎么注意。”她面前的交换机也亮了起来，她赶紧接好线，回头对我说，“我也希望能帮上忙。罗丝，你记得十一点到十二点间有谁给温莱特家打电话吗？”

那个姑娘想了想：“好像是有人打过。也许是温莱特先生从店里打去的？”

我摇摇头：“他没在店里。”

“那我就不知道了。”

“不管怎么说，多谢了，姑娘们。如果你们想起什么来，记得马上通知我或警长。”

我回到办公室时，爱玻急坏了：“我到处打电话找你。米利·塔克尔说你刚走。福利斯特家的男孩儿情况恶化了。”

“我马上去瞧他。”

“斯坦福医院来电话了。呼吸机已经修好了。我让他们赶紧送过来。”

“什么时候的事？”

“过一点。我打到希金斯家去找你，他们说你根本就没去。

你到哪儿去了？”她话语里不无指责之意。

“温莱特夫人被杀了。警长让我帮帮忙。”

“希金斯夫人怎么办？她问你什么时候能去看她。”

“给她打电话，告诉她我明天一早就去。”

我飞快穿过走廊，赶往汤米·福利斯特的房间。医院有个医生和护士陪着福利斯特夫妇，正站在汤米床头。看我进来，医生抬起头。“我让斯坦福送台呼吸机来，已经在路上了。”我说。

他微微摇摇头：“我很抱歉，山姆。我们没能保住他。几分钟前，他断气了。”

玛维思·福利斯特转身对着我：“你去哪儿了？汤米哭着求你救救他。”

“我敢肯定克兰斯顿医生做了能做的一切。”

“如果呼吸机能及时送到——”麦克·福利斯特泪流满面。

“我很抱歉。”我不知道该说什么。

克兰斯顿跟我离开房间：“爱玻到处找不到你。”

“我在帮蓝思警长查案子。”

他抿住嘴唇，表情严肃：“原谅我直话直说，山姆，你的职责是救死扶伤。我们是医生，不是警察。”

“我在场也于事无补。”

“至少你在场。”

爱玻在诊所里找到我，我正放下电话。“汤米·福利斯特死了。”我对她说。

“我知道。”

“我刚打电话通知斯坦福，告诉他们不用送呼吸机来了。”

她走到办公桌前：“你看起来糟透了，回家去吧。”

“克兰斯顿说我应该陪着病人，而不是帮助蓝思警长。”

“别理他。”

“他说得也许没错。”

我回到自己的公寓，闷闷不乐。蓝思警长打来电话，问案子的事，我说现在不想谈。特希·温莱特的死我根本不愿去想。脑子里全是汤米·福利斯特、希金斯夫人和其他病人。

我让自己的病人失望了吗？

我还配继续留在北山镇当医生吗？

当晚我辗转反侧，考虑着自己的未来。解决蓝思警长交给我的谜案，已成为我生活中重要的一部分。不过，如果我要继续留在北山镇，绝不能继续这样下去。我首先是个医生。我必须正视自己的首要责任。即便这意味着我必须离开北山镇，到其他城镇重新开业。

第二天一早，我先去医院转了一圈，刻意避开汤米·福利斯特的空房间。福克斯少校感觉好些了，我陪他多坐了些时候，听他讲战争往事。蓝思警长在福克斯的病房找到我：“我到处找你，大夫。”

我告别少校,来到走廊上:“警长,我不想再继续破案了。”

“什么?”

“昨天,一个患小儿麻痹症的小男孩病逝了。我即便在场也救不了他。不过,如果我能在场,对他和他家人总是个安慰。”

“你将凶手缉拿归案,拯救的那些人命又怎么说?”

“本地没什么连续杀人事件。”

“温莱特的案子怎么办?如果凶手逃脱,又勒死其他人怎么办?”

“我认为特希·温莱特认识凶手。否则他不可能这么容易绕到身后勒死她。如果是入室盗窃的强盗,你不可能背对他。”

“他怎么进房间的?”

“也许他一直就在。也许特希在丈夫离开后,偷偷把情人放了进来。她可以打开窗户,等他进来再关上。”

“那他事后怎么离开?”

“他留在现场。巴布科克夫人进来时,他躲在门后。等她给你打电话的时候,再偷偷溜走。”

“嗯,有可能。”警长不怎么肯定地说,“不过,巴布科克夫人进来的时候,他干吗要冒着被发现的危险藏起来,而不直接冲她头敲上一下。”

“告诉你我打算怎么办,警长。我有个出诊任务。回来的路上我们在温莱特家碰个头。让我们试试我的理论行不行得通。”

“一小时以后见,怎么样?十二点的样子。”

“我尽量吧。”

我去看了看贝克尔夫人和新生儿。婴儿状况不错。然后，我开车去希金斯家。他们对我还算和气。不过希金斯夫人还是说道：“我们还以为你昨天会来。我烤了蛋糕，你本可以吃上一块。”

“很遗憾错过了。有点急事。”

“米利·塔克尔说你在帮蓝思警长调查温莱特谋杀案。”

“没错，不过病人要紧，我没更多时间帮他。”

一离开希金斯，我马上赶往温莱特家。蓝思警长在外面等着我。

“有什么有趣的发现？”我问。

“你的理论行不通，大夫。跟我来。”

我跟他进了屋。房里一片安静，死气沉沉。“下午，大家都去殡仪馆给她守灵了。”

我们穿过客厅，走进画室，一下子明白了他的意思。门朝内，向右开，而放电话的桌子就在右边墙上。发现尸体后，巴布科克夫人必须走过去打电话。给我的推理带来致命一击的是，门后堆着很多已完成的绘画，就靠在墙边。没人能藏在门后，即便真藏进去了，巴布科克夫人打电话时也能看到。“你说得没错。”我说。

“还有别的主意吗，大夫？”

“没有。”我翻着还没裱框的画布，“她好像喜欢画花卉和静物。看看这些花瓣和叶子精细的笔触。她真是个不错的画家。”

“你说了算。我喜欢更有活力的画。”

我朝门口走去：“我还要去看病人。”

"大夫，你知道是谁杀了她，对吗？"

"是有种可能。"我承认，"我们驱车去殡仪馆吧。"

我开车跟着警长，把车停在路那头。虽然还不是遗体告别时间，但殡仪馆外已聚了一群人。我们边跟大家打着招呼，边寻找着目标。我知道成功的可能性很小，而且有点虚张声势，但没准真能行。"她在那儿，"我对蓝思警长说，"来吧。"

"该死，大夫，不可能是她干的！这——"

"乐蒂！"我大声招呼道，"乐蒂·格罗斯！能耽搁你一分钟吗？"

温莱特服装店的姑娘走了过来，面带疑惑。"能和我们在车里待一分钟吗，乐蒂？我们必须跟你谈谈。"

"谈什么？"她问道。我替她打开门，她坐上后座。

我坐到前排上，半转过身对着她："乐蒂，克林特让你昨天给他家打个电话，对吗？十一点到十二点间？他告诉你，听到铃响一声就挂断。"

"我——"

"蓝思警长就要以杀妻罪逮捕克林特·温莱特了。除非你跟警长合作，否则他会告你从犯。"

乐蒂·格罗斯号啕大哭起来。警长把车开到远处，免得其他人听到我们说话。在她断断续续的哭泣中，听得出她很怕父母发现自己跟温莱特的不伦之恋。对她来说，似乎这比做温莱特杀妻的帮凶更加罪恶深重。

“他根本没告诉我打算杀了她。”她坚持说道，“只是让我打个电话。”

蓝思警长还是一头雾水，不过他装成一切了然于胸的样子，还挺唬人。终于，他对我说：“大夫，你能从头开始跟乐蒂详细讲讲吗？这样一来，她就知道事态严重程度了。”

“温莱特在巴布科克夫人到达前不久，在差一刻钟或十分钟到十一点的样子，勒死自己的妻子。他关上画室的门，心里清楚，巴布科克夫人在中午前不会去打扰特希。为了加深特希还活着的印象，他做了两件事。首先，他去地下室，声称去拿要修的轮胎，实际上他是去装回早前取下来的保险丝。保险丝重新装上，画室里的收音机马上响了起来。因为他在离开画室的时候，特意打开了收音机。在巴布科克夫人听来，肯定以为是特希开的。后来，他去探访福克斯少校，不在场证明铁证如山。他事先让乐蒂这时从店里打个电话到他家，铃响一声就挂。这更加深了特希还活着，接起了电话的印象。”

“你是怎么知道的，大夫？你怎么知道特希已经死了？”

“巴布科克夫人说过，她给你打电话时关上了收音机，因为声音太大。话说回来，你信不信特希在接电话前，居然没关上收音机或调低音量？”

“我记得巴布科克夫人还说，听到特希四处走动。”

“那是她的想象而已。如果门厚得说话都听不到，她就更不可能听到有人四下走动。”

乐蒂·格罗斯抬起头。

“他说过会娶我。我爱他。”

“你必须作证指控他,否则只能进监狱。”我警告她。

“大夫,”警长问道,“你是怎么察觉到真相的?”

“我猜,是因为那幅未完成的画。那种大块涂抹的红绿色,和她其他画作上精细的笔法完全不同。当然,艺术家的风格并非一成不变。不过海蒂·米勒头天晚上来过,她看到这幅画时,这些奇怪的上色还没出现。如果特希的死亡时间比我们估计要早,没时间多画几笔,那丈夫的不在场证明就没用了。正因为如此,我才想到这一切可能全是凶手的诡计。电话局的罗丝认为电话是克林特从店里打来的。她记得不全对。电话确实是店里打来的,我知道打电话的人不可能是克林特,那就只剩下一种解释,是乐蒂。克林特让她听到铃响一声就挂。”

“有件事我还是不明白。”蓝思警长说,“克林特干吗要费事把现场弄成密室,这样反而对自己不利。他干吗要锁上窗户?至少可以留一扇不锁啊?这样一来,凶手也可能是偶然闯入者。”

“答案很简单。克林特不可能知道巴布科克夫人会一直留在画室门口。他本以为巴布科克夫人会满屋转悠,去打扫别的房间。是巴布科克夫人的行为——或者说不行为——将案子变成了不可能犯罪。”

“你愿意签署一份证供交给警方吗?”蓝思警长问乐蒂。

“我不想伤害克林特。”

“他杀了自己的妻子，乐蒂。他应该受到惩罚。”

“好吧，”她终于答应了，“我会照办。”

克林特·温莱特当天下午被捕。两天后，特希的葬礼如期举行。我没去——当天也是汤米·福利斯特的葬礼，我去了那边。

★　★　★

“后来，”山姆医生总结道，“我信守诺言，把精力花在治病救人上，有一年多没再扮演业余侦探。直到大禁酒令废止那晚，我才再次出山，调查发生在北山镇的谜案。不过，那故事我要等下次再讲。”

32

密封酒瓶毒杀事件

“这次我打算跟你讲讲禁酒令废止那晚，发生在北山镇的怪事。”老山姆·霍桑医生替来客倒上满满一杯白兰地，“当然，禁酒令于同一时间在全国范围内废止。不过，我想在其他任何地方，都没有在北山镇这么戏剧化。”

那是一九三三年十一月五日星期二，富兰克林·D. 罗斯福刚入主白宫不久。三十三个州已经批准了撤销禁酒令的宪法修正案，犹他州[1]坚持要当最后一个批准该修正案的州，因此该州宪章规定要等宾夕法尼亚[2]和俄亥俄[3]批准修正案之后才开始投票。

① Utah，位于美国西部。首府为盐湖城，主要由摩门教信众的后代和北欧移民的后裔组成。

② Pennsylvania，美国东部一州，为立国13州之一。以宗教自由和政治民主著称。

③ Ohio，位于美国中西部，是五大湖地区的组成部分，因俄亥俄河得名。

时间一分分接近，东海岸时间的五点三十二分，犹他州通过投票的消息终于传来。仅在一小时后，罗斯福总统就正式签署了废止禁酒令的政府公告。

社会各界各有各的庆祝方式。在北山镇，我们几个人受邀前往莫莉的咖啡馆，十四年来首次合法地饮酒。莫莉的咖啡馆新开张，就在老咖啡店旧址上重建。对于刚刚合法化的饮酒消遣来说，那是个很好的选择。因为过去几年来，我们大都在老咖啡店偷偷喝过两杯。

莫莉·富兰克林刚四十出头，是个乐呵呵的女人。几年前，她和丈夫加斯才搬到本镇。他们以前住在波士顿，莫莉的老爸在那儿开了家电镀厂。加斯在北山镇市政厅旁开了家小的香烟店。他们一看就是和睦美满的夫妻。后来，加斯·富兰克林趁莫莉回波士顿娘家时，吊死在自家车库，让全镇人都大吃一惊。莫莉花了好几个月才从打击中恢复过来。她决定继续留在本镇，发展自己的事业。她用加斯的保险赔偿金和卖出香烟店的钱买下咖啡店，并把它改造一新。她决定在禁酒令废止当天开业，就连连绵不绝的雨水也没能浇灭她的好兴致。

我带着护士爱玻一起出席了当晚的开业典礼。莫莉一如既往精神十足地在门口迎接宾客。“请进，山姆——还有你，爱玻。我们正在等收音机宣布饮酒重新合法。”她块头不小，骨骼颇大，一头短金发仔细吹过。她穿着华丽的礼服，在灯光下熠熠生辉。

我脱下湿漉漉的雨衣，接过爱玻的外套。“天气不怎么样。”

我说着，想找地方把衣服挂起来。

“往好处想——再降温十度就会下雪了。这边，大夫，我们有专门的衣帽间可以挂衣服。这可是个高档地方。”说着，她接过我手里的衣服。

我必须承认，比起老店来，这里还真发生了翻天覆地的变化。店里灯光朦胧，颇有些气氛。整面的镜墙让室内空间显得有原来的两倍大。我看到韦恩医生也在。还有镇长克里森先生及夫人苏珊。老朋友蓝思警长也来了，把玩着一个空波特酒杯，似乎已经迫不及待。

“你好吗，警长？”

“还不错，大夫。今晚可是个重要时刻。”

“确实是。”我表示同意。

“不过莫莉还没进到货呢。菲尔·阳西打算做酒批发生意——这次总算是合法的——要等罗斯福签了政府公告，他才能发货。”

“好吧，我们都等了这么久，再多等等也没什么。”

我走到吧台边。莫莉正和镇议员约翰·芬尼根聊着天。芬尼根五十岁左右，秃顶。我替他看过不少小毛病。“大夫，我怎么不知道你也喝酒。”看到我走近后，他说。

“我来这儿主要是为大家好。在这种盛大的庆祝场合，万一有人喝多了，你们才知道我的用处。”

“好吧，韦恩医生也在，我们有双重保护。”

“我看不需要医生了，”莫莉·富兰克林闷闷不乐，“菲尔·阳西刚刚来电话说波士顿仓库传来消息，公告发布得太晚了，他们要等明早才能把威士忌、杜松子酒[①]和朗姆酒[②]给他送来。所以，他能供给我的只有一箱波特酒[③]、一箱雪利酒[④]。”

“该死，”芬尼根咕哝道，“我还指望喝点上佳的苏格兰威士忌。”

“不光我们是这样。”莫莉带着祸不单行的口吻说，“纽约市也一样。那边库存倒不缺乏，不过大部分仓库都关门了。听说只有两家酒类零售店进到了货。而有卖酒执照的餐厅和酒吧，只有百分之一进到了货。至于其他店，如果不想因非法贩酒获罪的话，就只能等明天一早再营业了。”

说时迟那时快，门突然开了，菲尔·阳西肩上扛着箱子走了进来。等在酒吧的二十来个人一阵欢呼。他像条友善的大狗一样，抖落身上的雨水，然后把箱子放在吧台上。“这是你要的波特，我马上去搬雪利酒。现在外面雨下得可大呢。”

“我们喝上一杯得花多少钱，莫莉？”克里森镇长在吧台那头问道。他是个不错的家伙，除尽职尽责地履行镇长职务外，还是

① Gin，金酒，以大麦芽与裸麦等为主要原料，加入杜松子香料的蒸馏酒，因此又称杜松子酒。

② Rum，以甘蔗蜜糖为原料的蒸馏酒。

③ Port，特殊发酵酿制的葡萄酒，因主要产于葡萄牙，又称葡萄牙葡萄酒。

④ Sherry，由西班牙语Jerez的英译化而来，以产地得名。“Jerez”是位于西班牙南部海岸的一个小镇，小镇附近富含石灰质的土壤，适于生长品种葡萄巴洛米诺，这种白葡萄即为雪利酒的原料。

个成功的地产经纪人。他当选镇长还不到一年，不过大家都喜欢他。

“第一杯酒我请客。”莫莉一宣布，咖啡馆里就一阵欢呼，“那之后，每杯三角五分，和纽约市一样的价格。苏格兰威士忌要四角五分一杯。”

除莫莉外，大概每个人都对价格跟纽约一样贵有意见。不过现在，大家都太兴奋了，没人提出质疑。韦恩医生更是急不可耐地拆开了箱子，像是要给我们展示里面确实有酒。阳西扛着雪利酒再次回到店里，把箱子放在波特酒旁。

莫莉翻过箱子，仔细看着标牌。等大家都靠近后，她打开酒箱。

“谁来第一杯？”芬尼根问道。

“我认为应该给克里森镇长。”莫莉宣布道，大家都没有异议，“喝点什么，镇长？波特还是雪利？”

克里森看着两个刚刚打开的箱子，犹豫不决：“来点波特好了。不，不，还是雪利吧。我好久没喝雪利，连味道都快不记得了。”

“自己选一瓶。”

这次他倒是毫不犹豫，直接把手伸向箱子左上角，抽出酒瓶。瓶封打开后，莫莉夸张地在木塞里插进开瓶器，递给镇长。镇长拔掉木塞时，笑得像个小男孩。人群不禁又是一阵欢呼。他从吧台架子上选了一只波特酒杯，举到右手边，倒满了雪利酒。

“为大家的健康，”他对众人道，“为北山镇的未来，干杯！”

阿德尔曼·芬尼根端起杯子让人倒满，就在这时，发生了怪事。镇长左手握着雪利酒瓶，一口喝干后，突然表情怪异地说了句："这酒尝起来——"

话音未落，他就倒了下去。我赶紧扑上去扶住他。苏珊·克里森在我身后尖叫起来。

镇长左手仍然紧紧抓着雪利酒瓶，但是他呼吸差不多已经停止了。我缓缓放下他的身体，雪利酒洒了一些在地板上。我想帮助他恢复呼吸，就在这时，我闻到了熟悉的苦杏仁味。我抓过酒瓶又闻了闻，果然没错。

"他中毒了，"我说，"大概是氰化物。"

"你能救救他吗？"他妻子哭喊道。

"我很抱歉，苏珊。他已经死……"

晚些时候，尸体被移走。这时，蓝思警长说道："大夫，你得帮帮我。"

"如果你需要，我可以监督尸检过程。而且，我会把酒瓶送去化验，虽然我敢肯定是氰化物——多半是氰化钾。"

"你知道我指什么。我是说，帮我破这个案子。"

"我上次出手是一年多前的事了。"我告诉他，"警长，这些日子来我一直专心替人看病。扮演业余侦探对我来说，已经是过去式了。"

"这可是镇长，大夫。如果我不赶紧结案，他们会把我生吞活剥了。而且，我一点头绪都没有！我们一直都看着，除了克里森，没人碰过酒瓶或者酒杯。”

莫莉把所有人请了出去，这会儿正盯着洒了一摊的雪利酒，尸体刚刚所在的地方。“也许他是自杀，”她说，“不管是什么原因，总之我的新店开张被毁了。”

“我能想到的唯一解释是，整箱酒在酒庄或者装瓶作坊就已经下了毒。”我走过去，随便拿起一瓶酒，“看我猜得对不对吧。”

我用启子打开瓶盖，但这次没有苦杏仁味。

“这瓶大概没毒。不过，我会送去检验一下，以防万一。”

“你最好把整箱都送去，大夫。”蓝思警长说。

“好主意。医院实验室里就有我们需要的设备。”我看了看莫莉，“发生这样的事，我很遗憾。”

“去吧，”她挥挥手，“我觉得，死因越快查清楚，对我的生意越好。免得老有疑云笼罩。”

第二天一早，对于克里森镇长的死因，我了解得多了一些。他打开的酒瓶里确实含有氰化钾，而且剂量很大，喝下去几乎能立刻致死。不过，箱子里其他的酒都没被下毒，就是好好的雪利酒，没有别的成分。这样一来，只剩下一种解释，远在法国的酒庄里，有个郁闷的工人在某瓶酒里下了毒，而这瓶酒恰好被北山镇的埃德蒙得·克里森镇长喝下去，中毒身亡。

然而，对这种解释，我压根儿不信。

我驱车前往监狱，将这一发现告知蓝思警长，他情绪低落。

“阿德尔曼·芬尼根已经申请州警接手调查，”他对我说，“他说我无法胜任本案。你能想象吗？去年夏天，是我抓住那帮闯进他家的孩子。他居然说我无能！”

“警长，你生气也没用。我们必须冷静下来，好好想想。”

他面色为之一松：“这么说，你答应帮我了？”

“我只能说，愿意帮你指指调查方向。目前，我们掌握的情况有哪些？”

“一瓶下了毒的雪利酒，一个死掉的镇长。”警长闷闷不乐，“而且，是死者自己选的酒瓶，自己打开酒，自己给自己倒上。”

“我知道。甚至连酒杯也是他自己选的。而且，酒杯本身没有毒。毒药下在酒瓶里。”

“除非是有人趁他倒下那阵的混乱，偷偷放进瓶子里。”

我摇摇头：“他一直紧紧抓着酒瓶，直到我拿过来为止。而且，我刚拿过来的时候，毒药已经下进去了。也就是说，在镇长打开木塞前，酒瓶中已经有毒。”

“也许……毒下在开瓶器上？”蓝思警长问道。明眼人一看便知，他本人都不太相信。

“不可能，毒药剂量很大。而且，我开第二瓶酒用的是同一个开瓶器。”

“那毒肯定是之前下的。嫌疑明确指向送货的那个人——菲尔·阳西。”

“就算是阳西下的毒，他怎么知道克里森镇长会选那瓶酒？”

“他不可能知道。不过,没准他是无差别杀人。不管死的是谁,总之能破坏莫莉咖啡店的名声,也许还能抹黑公开饮酒行为。没准他是个秘密的禁酒主义者。”

“菲尔·阳西?”我大笑道,“从我到北山镇的那天起,他就在贩私酒。”

“那说不定酒是他自己酿的,仿冒人家的商标。经过这么多年的大禁酒,谁还分得出真假。”

“酒是真的。韦恩医生算个酒类鉴赏家。他确认酒是真的。”今早离开医院前,我跟他聊过几句。

“大夫,能帮我个忙吗?去盘问盘问菲尔·阳西,问问他运输过程中的事?我得留下来等州警。”

我想,至少这个忙我能帮。而且不能否认,这案子确实勾起了我的兴趣。上次帮蓝思警长破谋杀案已经是好久前的事了。而且,现在我没有住院病人,每天只需要做一些例行工作。“好吧,”我同意道,“我去跟他谈谈……”

我找到阳西的时候,他正在镇外的仓库和三个工人一起干活儿。波士顿刚来了辆大卡车,阳西正在清点数目,指挥工人搬到自己的小卡车上面,方便送货。“大夫,今天是我最忙的一天,你居然跑来问东问西。得了,饶了我吧。”

“只耽搁你几分钟。”我向他保证道,“我想问问你,关于昨晚送到莫莉店里的波特酒。”

“噢——波特酒啊!怎么了?”

"根据试验结果,其中的一瓶肯定被下了毒。我们正在调查是怎么发生的。"

"我只能告诉你,不是在我手里下的毒。"

"在我看来,也不可能是在莫莉店里。那还剩下哪儿?你是说,在货到你手里之前,已经被下了毒?"

阳西沉默有顷,小心翼翼地在一箱波特酒的标签上写下莫莉的姓名和店址。他放下自来水笔,说:"大夫,你选错了方向。你怎么不去问问克里森镇长的事,打听打听在西恩角镇附近,他的打猎小屋里发生过什么。"

"你这是什么意思?"

"你会知道的。"阳西说,"我得回去干活儿了。"

他走开,冲一个差点儿把一箱杜松子酒打碎的工人大喊大叫。我看从他这儿问不出什么来,就开车回到镇上。路过诊所所在的圣徒纪念医院后,一直沿着北方大道驶向镇长家。乍一看去,家里好像没人,不过我注意到窗帘角动了一下,肯定有人在窥视。我把车停好,走向门口。还没来得及敲门就开了,苏珊·克里森出现在我面前。

"你想干什么,医生?"

我从不认为镇长夫人漂亮,不过她在目前这种悲伤的情绪中,倒有几分奇异的动人心处。"我在帮警长调查尊夫的死。"

"你是说谋杀吧。"她说。

"这个,也许吧。不过我们不敢肯定。也可能是某种不幸的意外。"

"你真这么想？"

"目前而言，很难说。我可以进来问几个问题吗？"

"十分钟后我就要出发去殡仪馆，确定葬礼的事宜。埃德蒙得的尸体可以接回来了吗？"

"是的，尸检已经完成了。"

她带我走进客厅。客厅里的家具既有殖民地风格，又有现代风格，这种混搭让人讶异。

"死因是毒杀？"

我点点头："毒下在酒瓶里。克里森夫人，谁想杀掉你丈夫？"

"没人。他人缘很好，高票当选镇长。"

"我听说他在西恩角镇附近有间打猎小屋？"

"没错，他经常和几个朋友一起去。"她拿起一串钥匙，放进包里，"我没怎么去过，一般只有男人们去。"

"哪些朋友？"我问道。

"哦，韦恩医生和阿德尔曼·芬尼根，还有菲尔·阳西。加斯·富兰克林死前也去过几次。他们根本不是去打猎，我想多半是去打牌、喝酒。"

"我能去看看那间小屋吗？没准有你丈夫被杀的线索。"

"你怎么会这么想？"

"我听到一些传闻。那串钥匙里有小屋的钥匙吗？"

"没有。这些是家里的钥匙和车钥匙。我不知道他把小屋钥匙放在哪儿，现在也没时间去找。"很显然，她急着离开。

“就我所知，他做事很有条理。我敢肯定，你知道他钥匙放在何处。”

她叹口气，带我走进书房。一面墙上挂着手工制作的钥匙架。她拿起一把贴着标签的钥匙，递给我：“没错，他做事井井有条。他在莫莉的箱子里选时，我就知道他会选那瓶。他选什么都像看书看报，先从左上角开始。”

“很多人知道他这个习惯吗？”

“反正他吃方蛋糕和肉馅面包时也这样，总是先从左上角切起。任何认识他的人肯定都能注意到。阿德尔曼·芬尼根还就此取笑过他。”

我把钥匙放进口袋。“一用完就还你。”我说。

我也不知道在小屋中能找到些什么。不过阳西让我查查小屋里发生的事。我想最好先去实地看看。小屋是木头房子，还挺大。二楼有四间卧室。家具虽说不上华丽，但也足够用。飞快浏览一遍后，我决定细细搜索一番。

壁炉里有灰烬，也就是说今年秋天有人来过小屋。没准儿就在刚刚结束的打猎季。像克里森镇长这么一丝不苟的家伙，壁炉里绝不会残留着上一年冬天的灰烬。我搜了一遍壁橱和卧室，但没有目标。三十分钟后，我打算放弃了，就在这时，抽屉里的一个小皮包引起了我的注意。皮包里有几个黏糊糊的黑色球状物。

突然，楼下传来开门声，我顿时呆住了，赶紧系好皮包带子，放回抽屉里，冲出卧室去迎接入侵者。我们在楼梯上碰到了。来人是韦恩医生。“啊，霍桑！”他跟我打招呼，好像我们是在医院走廊里碰到似的，“我还在想外面是谁的车呢。你怎么有小屋钥匙？”

韦恩比我年长，快五十了，鬓角开始灰白。每次我见到他的时候，他好像都在忙活。不过这也很正常，他是个名医，工作时间很长。在医院例会上他总是打呵欠，但我不能因此责怪他。“克里森夫人给我的钥匙，”我说，“我在帮蓝思警长调查。”

“又重操侦探旧业了，是吗？”他促狭地笑道，我权充侦探的事在看他来就是个笑话，“我敢肯定跟禁酒主义者有关。如今饮酒合法了，他们不得不另想办法，劝阻人们。”

“你到这里来干吗？”

韦恩被我挡住了去路，等着我让开。

“上次来打猎的时候，我落了几件衣服在这儿——趁有空来取回去。”

“你自己有钥匙？”

“当然。”他把钥匙给我看看，“我们几个周末常来，休闲休闲。埃德蒙得非常慷慨、好客，我们很喜欢来玩。不过，我想这一切都是过去式了。”

“你和谁一起来过？”

“阿德尔曼·芬尼根，还有菲尔·阳西。一般只有我们四个。”

我点点头：“我去楼下转转。”

几分钟后，韦恩拿着件猎装和一支装在皮套里的猎枪，下楼来了。“我会怀念这些聚会的。”他说道。

“克里森夫人和她丈夫一起来过吗？”我问。

“我们在的时候没来过。”他走出房门，“医院见，山姆。”

我看着他驾车离开，然后回到楼上，去翻刚刚检查过的抽屉。小皮包不见了。

回到北山镇后，我先去向爱玻报了个到，问问有没有急诊病人。她说一切如常，我就赶往监狱找蓝思警长。副警长说他在莫莉的咖啡馆，我又驱车赶过去。

莫莉人在衣帽间里，正在给墙壁上最后一层面漆。“昨天没来得及干完，”她说，“发生了那种事，估计不会有客人上门了，正好有时间搞完它。”

“也许人们就愿意看看镇长被杀的地方。阳西把其他订货给你送来没？”

“送来了，用卡车运过来的。你和警长昨晚带走的那箱雪利酒呢？”

“他们一瓶一瓶打开验过了，都没有毒。也许我们应该再检查检查波特酒，安全起见。”

“你可以拿一瓶走。我不能再损失一整箱了。”

“警长人呢？”

“在里面。”她挥挥沾了涂料的手指，“跟阿德尔曼·芬尼根聊着呢。”

我进门时，阿德尔曼抬头看了看。我注意到他面前放着一瓶苏格兰威士忌和一只酒杯。酒禁一开，他可一刻也没浪费。“来喝上两杯吗，大夫？”他问道。

“现在？对我来说太早了。”我冲警长挥挥手，一起去厨房，私下说几句。

“查出什么没有？”他问。

我告诉他其他酒瓶里都没毒。然后说起和阳西的对话，以及之后去打猎小屋的调查。“我敢肯定和谋杀案有关，”我说，“就是不知道有什么关联。”

“你能帮忙真是太好了。我问阿德尔曼镇议会里有没有麻烦，他说一切都好。”

“我想，就本镇而言，确实一切都好。惹麻烦的是发生在打猎小屋的事。我打算再去问问菲尔·阳西。不过，我先得去找莫莉要一瓶波特酒。”

我再次来到阳西的仓库时，早上的繁忙景象不复存在。只有一个工人在卸货。我问他老板在哪儿。

“阳西？”他说，“在里面吧。我吃完午餐回来后，有几小时没看见他了。”

我边叫他的名字，边走进仓库。一进门就被满地的威士忌箱子吓一跳。箱子从卸货区一直堆到办公室门口。我看本郡很长时间都不愁没酒喝了。“阳西！”我又叫道，“你在哪儿？我是山姆·霍桑！”

快到办公室时，我才注意到地板上有什么湿乎乎的东西，是从箱子后面流出来的。我过去一看，地上躺着菲尔·阳西，后背近距离中弹。人已经死了。

蓝思警长检查完尸体，站了起来："大夫，你认为他死了有多久了？"

"几小时吧，我猜。外面那个工人查理说，午饭后就没怎么看到他。也许查理午饭回来的时候，他已经死了。"

"你认为这跟克里森镇长被毒杀有关联吗？"

"很有可能。也许有人付钱给他，让他在送货前往酒瓶里下氰化钾。"

"那他下毒后，怎么密封酒瓶？"

"这是我们必须解开的谜题。我开始怀疑，背后到底是不是有禁酒主义者作怪。也许他们在全国范围内大规模下毒，作最后一次努力，劝阻人们饮酒。"

"这也太疯狂了，大夫。"

"没错，是很疯狂。不过，如果真是他们雇用阳西下毒，事后灭口也很自然。"

"但是，阳西被杀也可能有其他动机。"警长指出，"你说他让你去检查镇长的打猎小屋。也许，正是因为他知晓在那儿发生过什么，所以才被灭口。"

"也有可能。"我同意道，"我问你，今天下午你一直跟阿德尔曼·芬尼根待在莫莉那儿？”

“见鬼，当然不是。我只比你早到一点。芬尼根也没早到多久。”

“好吧，”我说，“我得回医院去了。尽快尸检。不过，我认为不会有什么新发现。一看就知道，死因是小口径手枪枪伤。”

“熟人干的？”

“他背对着凶手，”我说，“也许有人从后面偷袭。”

蓝思警长摇摇头，目光悲伤：“这一切真让人难受，大夫。有时候，我觉得自己太老了，应付不了这些。”

回到医院后，我检查了莫莉给的波特酒。里面没有毒。也就是说，在二十四瓶可选的酒里面，克里森凑巧选中了唯一有毒的那瓶。到底是事故还是谋杀？我想起他妻子说过，他选择时特有的习惯。

那箱雪利酒还摆在我的办公桌上，我仔细检查着箱子上的地址标签。我认出了菲尔·阳西的笔迹，自来水笔写成，边缘清晰锐利。我联想起上午看到他时，他正在给其他箱子标注地址。就在几小时前，他还那么活力十足。因为禁酒令的取消，能合法做生意让他兴奋不已。

看着标签，我恍然大悟。我知道是谁杀了克里森镇长，也知道了凶手的手法。

我到莫莉的咖啡馆时，已经是下午很晚了。店里没有其他客人。“阿德尔曼终于回去了？”我问道。

她从报纸上抬起目光：“有人来，说起阳西的事，他火烧屁股般地跑了出去，就像见了鬼。”

“仔细一想，你会觉得他的惊恐不无道理。”我在吧台前坐定，对她说道，“曾经有五个人去过镇长的打猎小屋，现在其中三个已经死了。”

“三个？”

“克里森，阳西，还有你丈夫加斯。”

莫莉从吧台后拿起一瓶酒：“喝一杯吧，山姆，我请客。”

“是你杀的，对吗？”我低声问道。

“你在说什么？加斯自杀时，我人可是在波士顿。”

“我不是说加斯。我说其他两个——克里森和阳西。”

她小心翼翼地往杯子里倒了一盎司波旁酒[1]，加入水和冰块，放在我面前：“如果你真这么想，大概会以为这杯酒也下了毒吧。”

我看也不看酒杯：“你杀掉镇长的动机是因为加斯。因为发生在打猎小屋的事。”

“哦，那是什么？”她冷漠地问道。

“你和我心里都明白，莫莉。他们在那儿抽鸦片。毒瘾促使你丈夫自杀。正因为如此，你才杀死镇长报复。”

“你还真能胡思乱想啊，山姆！告诉我，你脑子里怎么会冒出这些怪念头？”

---

① Bourbon，美国产威士忌，用玉米酿造，因产于美国肯塔基州的波旁市而得名。

“乐意从命。今天我去了趟小屋，发现了一些黏糊糊的小黑球——也就是生鸦片，放进烟斗就能抽。韦恩医生出现，拿走了鸦片。我推测，提供鸦片的人就是他。职员会议上他总是打呵欠，其实我早该想到。鸦片瘾发作的一个明显表现就是控制不住打呵欠。”

“好吧，”莫莉说，“那你告诉我，我要怎么在密封的酒瓶里下毒，让镇长喝下去？”

我把目光从波旁酒上移开，那杯酒静静地放在吧台上，没人动过。“你用注射器刺透封皮和软木塞。注射器也许正是你丈夫用来注射其他毒品的那只。没人会注意到封皮上的小孔。即便比较明显，你也可以用一滴蜡遮起来。至于氰化钾，你是从波士顿娘家的电镀厂搞来的，那玩意儿在电镀厂里很常见。”

“你忘了一件事，大夫。每个人都看到阳西送货的过程。直到克里森打开酒瓶为止，酒瓶就没离开过众人视线。”

“我们以为自己看到阳西送货。其实，那箱酒一直就在你店里，大概就藏在衣帽间门口，用报纸或衣服遮住。昨晚雨下得很大，他进门时还抖掉了身上的雨水。阳西把酒扛在肩上，然而标签上的字迹却没有被雨水泡糊。这不可能，除非那箱酒早就在房子里了。我想，他早就把货送来了。你下好毒，把酒放在衣帽间，要求阳西在禁酒令正式废止后，再来一次，装成货刚送到的样子。你跟他说是为了戏剧性的效果。他照办了，当然他没想到你在其中一瓶酒里下了毒。今天，他威胁你，打算说出货早就送到的事，你不得不开枪打死他。蓝思警长告诉我，今天下午他和阿德尔曼都没在你店里待多久。也就是说，你完全有时间趁午休开车去仓库，杀死阳西。”

“你真聪明，大夫。我一直就知道你很聪明。”

“镇长的固有习惯，他朋友都知道。你也许亲眼看到过，也许你丈夫提起过。总之，你知道他会选左上角的酒瓶。是你把一箱酒放在他面前。是你让镇长选一瓶，喝下第一杯。如果他碰巧选了另外的酒瓶，那也没关系。你可以另找机会再下手。”

她脸上现出苦笑，仿佛下定了决心：“这已经不是第一次下手了。刚知道加斯自杀是因为镇长那该死的鸦片聚会时，我就尝试过，但搞砸了。这次总算成功了。”

“万一他选择波特酒，不选雪利呢？”

“我也给角上的某一瓶下了毒。当然，不是给你检查的那瓶。”

我指着波旁酒：“这杯也下了毒吗，莫莉？万一我查明了真相，好杀我灭口？”

“没有，你可以放心地喝。”

“我看还是不喝为妙。”

她耸耸肩：“随便你。不过，我可不想浪费一杯上好的波旁。”她端起杯子，在我能阻止之前，一饮而尽。

★　★　★

“他们在同一天埋葬了莫莉和她的两名受害人。”山姆医生的白兰地喝光了，故事也讲完了，“我常常想起她，想起自己差点儿成了她的第三个受害者。你下次来的时候，可以听听一九三三年夏天发生的故事。那年夏天，镇上来了个马戏团。”

33

神秘消失的空中飞人

“北山镇也举办过不少嘉年华和游园会。”老山姆·霍桑倒了两杯雪利酒，其中一杯递给客人，“不过，直到一九三五年夏天，第一个真正意义上的大型马戏团才来到本镇。那个七月，本镇真可以算是名声大噪，甚至连哈特福德①、普罗维登斯②和春野市③的人都人老远赶来……”

★　★　★

马戏团的到来是突然决定的，大城市没能及时建好新的游乐场。因此，比格尔和兄弟马戏团于七月中旬才有档期，屈尊莅临北山镇。他们选择本镇的原因是，道路四通八达，整个新英格兰

---

① Hartford，美国康涅狄格州首府，保险业之都。

② Providence，罗德岛的首府，也是该州最大的城市。

③ Spring Field，新英格兰地区的缅因州，新罕布什尔州和佛蒙特州都有春野镇，而马萨诸塞州有春野市。山姆医生系列故事应是发生在马萨诸塞州，所以此处据译者推测，应指马萨诸塞州的春野市。

南部地区的观众都能轻易拥入本镇。蓝思警长直到表演开始前一个月才得到消息,还是看到广告牌和告示贴才知道的。

比格尔和兄弟马戏团是国内首批搭火车的马戏团之一,而不是乘马车四处巡演。他们要求演出场地靠近铁道,还必须得有几英亩大。这样一来波普·沃顿的农场刚好合用。老头子住院后,农场正好闲置下来。波普是我的病人,快七十岁了。在被风湿病击垮前,他精神一直很好,整天忙个不休。沃顿家的儿子麦克不愿意打理农场。他说服老头接受了马戏团的合约,趁农场闲置期间挣几个小钱。

马戏团搭乘星期一一早的火车来到北山镇。我答应特迪·蓝思早上七点就带他去看看。特迪是蓝思警长的外甥,从波士顿到舅舅家来做客。小家伙的父亲因为大萧条丢了工作。我猜蓝思警长夫妇照顾他一个夏天,他家也能暂时省下一口嚼用。小家伙很活泼,自打到北山镇第一天起,就翘首以待马戏团的到来。

“他们到了吗?”他边往我的敞篷跑车里爬,边问道。

“应该到了。我们去瞧瞧。”

“山姆医生,你这车真帅。”

“谢谢你。”我笑了笑,径直驶向沃顿农场。一想到能看到大象和空中飞人,我简直和特迪一样激动。而且,还有种将诊所工作置于不顾的罪恶快感。

我们没有失望。汽车翻过最后一个小山坡,首先映入眼帘的就是两只大象,正帮忙搭建帐篷。四下忙活的工人足有一百多人。

有些忙着卸车，有些在安置兽笼，还有些在搭帐篷、挂广告牌。我把车停好，牢牢牵住特迪的手，就怕他一不小心冲到巨大的象群前。

“欢迎光临。”一个留着八字胡，穿着皮夹克的男人讨好地问道，“带儿子来看马戏团为演出作准备吗？”

“这个，他不是我儿子，不过我们的目的你倒是说对了。我是山姆·霍桑医生，在北山镇开业。这位是特迪·蓝思，警长的外甥。”

特迪和男人握握手。

“我叫乔治·比格尔，”男人边握手边说，“这家马戏团是我开的。”他低头冲特迪咧开嘴笑道。

“很高兴认识你，先生。我能见到兄弟先生[①]吗？”

男人笑出声：“没有叫兄弟的人，孩子。我猜你指的是蓝皮兹飞人兄弟。你会在演出中看到他们——有五弟兄呢。”他指着正在挂起的大广告牌说。广告牌上画着五个黑发年轻人，在铺满锯末的演出场地之上，打着高空秋千飞来飞去，转个不停。其中一个正放开手里的秋千，朝用膝盖挂住另一架秋千的接应者飞去。

“哇呜！”特迪叫道，“你们有小丑吗？”

“小丑？”比格尔四下看看，把刚好在一旁的瘦男人叫过来：“哈维，这孩子想知道我们有没有小丑。”

男人转过身，朝我们走来，脸上已经化好了小丑妆。他沉默

---

① 马戏团名为比格尔和兄弟马戏团，既然比格尔是一个人的姓，特迪误以为兄弟也是一个人的姓。

着将一只手伸进宽大的袖口，变出一束纸花，递给特迪。然后他又故技重施，从另一只袖口里变出一只活兔子。他把兔子也送给特迪，然后冲我们笑着鞠了个躬，缓慢地离开了。

“他就是小丑哈维，”乔治·比格尔说，“从不说话，但总能把人逗乐。”

“他让我开心极了！”特迪抚摸着毛茸茸的小兔子，叫道，“山姆医生，我能留下它吗？”

“那得问你舅舅、舅妈了。”我一想到蓝思警长面对宠物小兔的样子，忍不住乐了。

“你们是最早来访的客人，敝团还准备了其他礼物。”比格尔递给我两张下午演出的门票，“希望有幸在前排见到两位。”

“我们一定到。”我郑重道。本来我没打算当天下午带特迪来看马戏，不过看他欢欣鼓舞的样子，实在不忍拒绝。

这时，一位高个美女朝比格尔走来。她留着及腰黑发，闪闪发亮。“这是我妻子希尔达，”他说，“今天下午她会表演裸鞍骑术。”

希尔达冲我们敷衍地点点头，对比格尔说：“快来，乔治。卸老虎笼时出了点岔子。”

“好吧。我得忙去了，伙计们。迟些见。”

我们留下来看了会儿野兽明星，又去看了看搭帐篷，然后我就带特迪回家了。下午好戏才正式上演。

蓝思警长和夫人薇拉决定下午和我们一起去看马戏。他们的座位很靠后，而且在最边上。我和特迪坐在第四排正中，得意地向他们挥手。座位都不是货真价实的椅子——就是座位上画线的露天看台——但对特迪来说不要紧，重要的是，这是他人生中最美好的一天。演出一开始就是马戏大巡游，动物明星和演员们一一出场，包括裸鞍骑师希尔达、穿着闪亮紧身裤的空中飞人——蓝皮兹五兄弟。面容悲伤的小丑哈维也在队伍中，像哈勃·马科斯[1]似的吹着小号。

当最后一组动物明星和演员退场后，乔治·比格尔穿着马戏主持传统戏服，盛装出现在聚光灯中央，向四面观众脱帽、鞠躬致敬："欢迎！欢迎各位来到比格尔和兄弟马戏团，让我们在帐篷内共同欣赏精彩的马戏表演！接下来的两小时将会让各位眼花缭乱、惊喜连连、笑声不断。观赏过程中，各位千万不要眨眼。因为不光在三块场地内，甚至各位的头顶上都将有精彩呈现。首先，让我们欢迎裸鞍女工——让人惊叹的希尔达！她将和两匹野马一起，为大家送上令人窒息的特技骑术表演！"

希尔达跨坐在两匹并排而行的灰马上，施施然入场。特迪惊叹着睁大了眼。就连我也忍不住睁大了眼睛，因为希尔达闪亮的演出服无比清凉，露出了她姣好身姿的大部分。她表演了很多骑术杂技。当她在马背上翻跟斗时，观众席上爆发出热烈的掌声与喝彩声。

---

① Harpo Marx（1888—1964），著名的喜剧表演艺术家马科斯兄弟中的老二，其表演风格受小丑影响很深。

骑术表演结束后，五彩斑斓的聚光灯再次对准舞台入口。哈维带着一群小丑，摇摇摆摆地打闹着登场了。“那不是哈维吗！”特迪认出表演者，扯着我的袖子激动地嚷道。

“没错，是他。”

哈维从宽大的外套里变出一只活鸭子。其他小丑用拳头敲打他时，他装出要摔倒的样子。他好像认出了我和特迪，特意走上前来，给特迪发了块彩色厚纸板做的勋章。然后他回到铺满锯末的场地中央，另一个小丑举着橡胶棒子对他一阵猛打。

突然，马戏团乐队奏出激昂的乐曲，虽然小丑们还在继续嬉闹，但聚光灯已转到别处，照在快速登场的五个杂技演员身上。比格尔的声音不知从哪里传来，透过扬声器响彻全场：“女士们先生们，让我们欢迎本次演出的超级明星——飞人蓝皮兹五兄弟！”

五个黑发小伙子向观众鞠躬致意，灯光照着他们闪亮的紧身裤，闪闪发光。五个人的裤子颜色各不相同，白色、粉色、蓝色、黄色和绿色。五个人相貌相似，一看就是兄弟。比格尔继续介绍道：“穿白裤子的这位是阿图罗、粉色裤子的是卢西奥，还有蓝色裤子的古伊塞皮、绿色裤子的伊格拉治奥、黄色裤子的皮尔托。请把热情的掌声送给他们！”

五兄弟立刻开始表演。他们轻松地通过绳梯爬到帐篷最高处，走上木头搭建的高空平台。阿图罗第一个纵身，他跳得又高又远，牢牢抓住了秋千杠。人群中爆发出一阵喝彩。兄弟们一个接一个跳上秋千架，在高空中表演着令人目眩神迷的杂技。他们表现得自信满满，在一个尤其花哨的动作过后，卢西奥和阿图罗掉到了安全网上。观众还是乐呵呵地喝彩，以为这也是表演的一部分。也许真是表演的一部分也说不定——哈维和小丑们在落网的兄弟俩周围嬉笑打闹着，显然训练有素。与此同时，仍在天空中飞来飞去的兄弟三人继续表演杂技，一丝不乱。

聚光灯一路照着卢西奥爬上绳梯。整个大棚内五彩的灯光亮得灼目，不规则地跳跃变化着，让人疯狂。古伊塞皮和皮尔托叠在一个秋千上，然后向回荡着，皮尔托在半空中惊险地接住了伊格拉治奥。阿图罗好像是领头的一个，如今站在高空平台上，等着空秋千荡回来。他轻松地接住秋千，向其他三兄弟荡去。

过了好半天我才发现有什么不对劲，慢慢意识到问题出在哪里。灯光仍然炫彩、喝彩声和惊呼声不绝于耳、高空秋千仍在来回晃荡、高空杂技继续着——只不过突然间，表演的五兄弟变成了四个。我再数了一遍，仔细核对着裤子颜色。蓝色、黄色、白色、绿色。穿粉色紧身裤那位——卢西奥——不见了。

“你看到粉色兄弟了吗？”我问特迪。

“没有。他去哪里了？”

“我也不知道。也许他掉到安全网里去了。”但我心里清楚不是这样。他们只失手掉落过那么一次。

现在，似乎表演着的兄弟们也意识到卢西奥不见了。他们聚在一头的高空平台商量着。在地面上，乔治·比格尔再次穿着马戏主持服出现。“请大家再次为飞人蓝皮兹兄弟送上最热烈的掌声！”他大声喊道。

高空中的四兄弟一个接一个跳上秋千，荡到空中再优雅地跳落到安全网上。我仔细看着，确实是四个人——古伊塞皮、皮尔托、阿图罗和伊格拉治奥。兄弟们在观众的热情喝彩声中快步退场。紧接着，狮笼和虎笼被推了出来，准备接下来的驯兽表演。

“你一个人在这里待会儿行吗？”我问特迪说。

“当然，山姆医生 。你要去哪儿？”

“就出去一下。别走开，待在原位。”我知道从蓝思警长夫妇的座位能看到他，所以也不是太担心。

我走向铺满锯末的地面，走向演员们登场退场的通道。乔治·比格尔没戴帽子，和四兄弟热烈地交谈着。“出了什么事？”我问阿图罗，“你弟弟呢？”

“他不见了。”阿图罗摊开手简单地说，“他本来还在，突然就消失了。”

蓝思警长看到我离开座位，也跟了出来：“怎么回事？”

“有个杂技演员好像失踪了。”

“我记得一开始好像有五个人。”

比格尔的妻子，希尔达穿着演出服跑过来：“他不在住宿拖车里。”

“我们好像遇到麻烦了。”比格尔皱着眉头说。

“大活人总不会凭空消失。”我坚称。在过去的数年间，我倒是听说过几个例子，但都有精心设计的诡计辅助。“你什么时候发现他不见的？”

“我刚做完一个两周空翻，”伊格拉治奥说，“卢西奥本来该跟在我后面，但我在平台上左看右看也没找到他。”

“他会不会是掉到网子里去了？”我问。

年纪最长的兄弟阿图罗说：“他确实掉下去过一次，和我一起。不过，我们都再次爬了上去。”

“我知道。我看到他了。”我转过头对蓝思警长说，“警长，你肯定也看到了吧？”

“我记得看到这家伙爬上去了，”他冲阿图罗点点头说，“不过，另外那个家伙倒没注意到。”

“好吧，反正我看到他了。我看到他爬上去，但不记得之后有没有看到他。高空秋千那片如果灯光不直射，确实有点暗。”

“他无路可逃啊，”比格尔坚持道，“除非他爬到帐篷顶上去了。”

“会不会真是这样？”我后退几步，好看清帐篷顶。不过上面空无一人。

“不，我随口说说而已，”比格尔说道，“搭帐篷的帆布紧绷在支柱上。下雨的时候我们可不希望帐篷漏水。而且，高空平台离帐篷顶足有十英尺，如果他爬上去不可能没人看到。”

“不管他出了什么事，总该有人看到。”警长说，“帐篷里足有好几百名观众。”

“他会出现的。”希尔达不怎么肯定地说。

所有人都呆站着，不知怎么办。我打算回到特迪身边。蓝思警长紧跟在后。“马戏团的人真怪，”他说，“我还记得有一次——”

“警长！”我猛地站住脚。

“怎么了？”

他目光还盯着兽笼，驯兽师正挥舞着鞭子和枪，让猛兽们乖乖待在原地。不过，我却看向帐篷顶。绳梯上没人，高空平台上也没人。但一架空秋千却来回晃动着，仿佛有个隐形的杂技演员正挂在上面。

古伊塞皮和皮尔托赶快爬上绳梯，去一探究竟。他们回到地面上，带来让人失望的答案。“也许是风吹的吧。”皮尔托猜测道。

“我不这么想。晃动很有节奏，不像是风吹的。而且，我听到了帐篷布拉紧的声音。”我去看特迪，确定他一切都好之后，再次和蓝皮兹四兄弟一起来到棚外。哈维和小丑们不知从哪里冒了出来，准备等驯兽表演一结束，就再次上场。

“你看到卢西奥没有？”比格尔问哈维。哭脸小丑摇了摇头。我还是不知道他会不会说话。

蓝思警长准备回座位，边走边念叨，没什么好调查的。不过，卢西奥·蓝皮兹的神秘失踪还是让我困扰。“你觉得表演怎么样？”回座位后，我问特迪。

“太棒了，山姆医生。驯兽师让一只老虎跳过了大圈！然后，他把圈点着火，让老虎再跳一次——从火圈中间跳了过去！”

我目光再次回到高空秋千上，它好像又动了起来。过了一会儿，当蓝皮兹兄弟最后一次出场时，我发现他们也注意到了。阿图罗带着众人爬上绳梯，这次的动作似乎没有那么轻快。他回过头看看晃动的秋千。对于大部分观众来说，哪怕他们注意到了阿图罗的行为，多半也以为是表演的一部分。不过，我知道事情不对劲。

之后，皮尔托跳上一架秋千，跟着跳上还在晃动的那一架，稳稳地毫无失误。那之后，表演如常进行下去。一直到高空表演结束，也没人提起消失的卢西奥。然后，希尔达再次骑马出场，掀开了整个表演的终幕。一群喧闹的牛仔朝天放起了空弹。

最后，乔治·比格尔的声音再次从扬声器里响起，说表演到此结束，请大家多多宣传。整个演出仅仅持续了一小时四十分钟，比预定的两小时少了二十分钟。我猜是因为卢西奥突然失踪的关系。

离开时，我和坐在旁边的观众聊了聊，确认自己的观察。没错，开场时是五兄弟，没人敢肯定第五个家伙是怎么消失的。每个人都注意到他消失了，并且很好奇。一个女人猜测说，会不会是他落网时受了伤，不过有一个老头向她保证，他之后重新爬上了高台。好几个人附和，说是有个穿粉色紧身裤的家伙重新爬了上去。

蓝思警长和夫人薇拉都敢发誓，阿图罗也回到了高台。他们从后排座位上看得很清楚。

我琢磨了一阵，什么主意也没有。“一开始上去的是五兄弟。

两个人掉了下来，不过又都爬了上去。三个兄弟一直在空中。三个加重新爬上来的两个。三加二等于——四？”

“肯定是博宣传的把戏。”蓝思警长咕哝道，“我们别管了。”

警长夫妇、我加上特迪一行四人，穿过尘土飞扬的停车场，朝我的敞篷车和警长的轿车走去。突然，我看到一个小丑打扮的男人从马戏团出来，穿过田野，朝沃顿家走去。“看啊，”我对警长说，“不大对劲。”

“停下！”警长大声叫道，“快回来！”

小丑闻言反而加快脚步，跑了起来。我赶紧追上去。当时我才三十多岁，身体还不错。虽然地面坑洼不平，我还是很快追上他，把他扑倒在地。“这么着急去哪儿啊？”我抓住他问道。

“我什么也没干，”他说，“放开我。”

蓝思警长跟了上来：“你是马戏团的小丑？”

他站起来，挣开我：“不，不是。”

“那你被捕了，罪名是非法穿越他人土地。”

“穿越个鬼！”他吼道，突然间我知道他是谁了，“我是麦克·沃顿。这片土地是我老爸的。”

蓝思警长颇为吃惊：“那你能不能解释一下，干吗打扮成小丑？”我问道。我跟他父亲挺熟，但不怎么认识他。

他肩膀垮了下去，拧掉贴在鼻子上的红色橡皮球，掏出手巾擦着脸上的油彩。“我——我也不知道。我一直就想扮成小丑试试。租地给比格尔时，我提了个条件，要他同意我参加小丑表演。”

“人们对我真是知无不言啊。”蓝思警长低声抱怨道。

“参加小丑表演又不是什么丑事，”我对麦克·沃顿说，“你刚才跑个什么劲？”

“我不想被牵扯进去。”他说。

“牵扯什么？”

“那个消失的空中飞人。我想警方会四下盘问。我看到蓝思警长已经在到处打探了。我不想老家伙发现我在扮小丑。他会说这太蠢了。”

“你怎么知道空中飞人的事？”

“我听哈维说的。”

“哈，这么说他会说话，我真高兴。”

“所以，我想趁被盘问前赶快溜走。”

“你认识卢西奥，就是失踪的那家伙吗？”

沃顿耸耸肩：“在我看来他们长得都差不多。我见过他们五个，跟他们聊过，但分不清谁是谁。”显然他急着走开。

“去吧，”蓝思警长道，“如果我们有其他问题，知道去哪儿找你。”

“好的。”沃顿说着，像挣脱陷阱的狐狸一样，飞快跑开了。

“你认为他知道底细吗？”我问警长。

“不，我估计那孩子连几点钟都搞不清。波普·沃顿真走运，遇到这一对蠢货。”我知道他是说沃顿的女儿伊莎贝拉，好几年前跟私酒贩子跑了，再没回来过。

我看着田地那端的空农舍，不知道什么时候才再有人住。麦克几个月前就在镇上租了间屋。老爸一住院，他显然不想再承担农活儿重任。如今那宅子空了下来，没人住。马戏团近在咫尺，但欢快的乐曲和孩子们的欢笑无人听闻。

我和警长夫妇、特迪一起回了警长家。他们邀请我留下来吃个便餐。特迪一直不停地说着马戏团的趣闻，压根儿没注意到发生了怪事。连我也开始觉得，似乎没什么特别。失踪的卢西奥可能明天又会出现在镇上。我猜想，也许每次表演他都要消失这么一会儿。

当天晚些时候，我回到公寓，发现一个叫杰夫·斯拉特里的记者在寓所外等着我。"我来自《春野报》，"他亮出记者证说，"有人打电话来提供消息，说今天比格尔和兄弟马戏团表演时，有个空中飞人失踪了。"

"你干吗来问我？"我问。

"我去马戏团找过乔治·比格尔。他承认确有此事，还说你能作证。他说警长也目击了事件经过。"

我凑近打量眼前的年轻人。他戴着软呢帽，领带松松的，大概是模仿大城市记者的打扮。他居然没把记者证别在呢帽缎带上，颇让我吃惊。我把眼见的一切都告诉了他。

"比格尔说空秋千确实自己晃了起来，似乎失踪的空中飞人还在上面，隐形不可见。这你看到了吗？"

"是的，我看到了。也许是强风引起的。"

“今天没什么风。”

我耸耸肩：“听着，你爱怎么写就怎么写。”

“他们说你解决类似的神秘事件颇有经验。”

“还好吧。”

“你打算解开这个谜团吗？”

“没人拜托我。而且，我觉得这不一定是神秘事件。”

“在我看来够神秘了。”

在他打算离开时，我问他：“给你们提供消息的是谁？留名字了吗？”

“没有。线人说他当时就在马戏团，目击了事件。听声音是个男人。我想这新闻值得跑一趟。”

“真的吗？”

“怎么说呢，卢西奥·蓝皮兹仍然没找到。对我来说这就够了。”

我不再答理他，进了屋。我想，不管发生了什么，反正跟我没关系。我推开房门，电话正响个不停。是护士爱玻，问我今天玩得是否开心。“特迪喜欢马戏团的野兽吗？”

“野兽、小丑，什么他都喜欢。诊所里没什么急事吧？”

“没什么要紧的。米切尔夫人老毛病又犯了，我跟她说你明天一早去看她。”

“很好。”

“山姆——”

“怎么？”

"今晚回家的时候,我路过沃顿家。当时天刚黑,我发现波普·沃顿的房间亮着灯。"

"他不是还在住院吗?"

"当然。所以我才觉得奇怪。"

"没准是他儿子。也许他让马戏团的人借住几天,或者他自己住。"

"你明天早上是直接去米切尔夫人家,还是先来诊所?"

"我要先来诊所。多谢来电,爱玻。"

"晚安,山姆。"

我挂上电话,试图回忆她从何时起不再叫我山姆医生,但想不起来。

第二天我一早就起床,打算绕道去沃顿农场看看。不为别的,就是好奇。我刚到老木屋,就看到二楼卧室的灯还亮着。尽管天已经亮了,顶灯的光线仍然从蕾丝窗帘中透出。木屋后面,在田地的另一端,马戏团帐篷矗立着,像稀稀疏疏的岗哨。我隐约听到雄象在远处闷吼,不过在此地,一切归于宁静。

我觉得,也太过安静了。

北山镇的居民可不会整夜亮着灯。

前门没锁,我转动门把,推开门。"麦克!"我大叫着,"麦克·沃顿!你在吗?我是霍桑医生。"

通往二层的楼梯上掉落着一个红色的物体,是麦克的橡皮鼻子。我叫了半天也没人应答,于是捡起橡皮鼻子,朝二楼走去。

主卧室灯亮着，空无一人，床上的铺盖明显没动过。我顺着走廊走向隔壁房间，推开了门。

刚一打开灯，五颜六色的装饰就朝我扑面而来。房间墙壁涂成了粉色，上面贴满了小丑的画像和照片，看样子大部分是从杂志上剪下来的——有马戏团的小丑，有电影里的小丑，甚至还有卡鲁索①扮的普奇雷诺②。在房间中央地上摊着一堆东西，我原先还以为是裹在小丑服里的假人——不过仔细一看，我这才发现那是真人，脸朝下趴在一大摊已经干掉的血迹里。

"麦克。"我喃喃着弯下腰，把那人翻过来，看还有没有生命的迹象。

让我吃惊的是，穿着小丑服的居然不是麦克·沃顿。我敢肯定自己之前只远远见过他——他就是那个消失的空中飞人，卢西奥·蓝皮兹。

蓝思警长和州警赶到犯罪现场，细细侦查。我一直等到其他几个蓝皮兹兄弟前来认尸。阿图罗一见到尸体就咒骂起来，古伊塞皮哭出了声。四兄弟都肯定死者就是他们失踪的兄弟。死因是胸口附近六处锐器伤，至少有一处伤及心脏。现场没找到凶器。

"我猜死亡时间是昨晚早些时候。"我对警长说，"等尸检后能

① Kalusuo Enrico Caruso（1873—1921），意大利那不勒斯著名男高音歌唱家，以演出歌剧世界闻名。

② Punchinello，意大利那不勒斯著名丑角形象，主要特征包括高挺的鹰勾鼻以及装疯卖傻的本领。

更明确。不过，从干掉的血迹，以及爱玻昨晚从诊所开车回家时，看到房间里有灯光来判断，大致死亡时间应该没错。”

“那他失踪后不久就被害了。”

“确实如此。”我说，“在小丑服下，他还穿着粉色紧身裤。”

“不过，他怎么从帐篷顶上消失的，大夫？我们都看到他爬上去了，谁也没见他下来。”

“我有个想法，”我说，“你们最好赶快去找麦克·沃顿。他似乎是头号嫌疑犯。”

“他有什么动机？昨天之前，他肯定见都没见过死者。”

“我也不知道。不过，卢西奥昨天既然跟着凶手回到空宅，其中似乎有丝性暗示的意味。”

“你是说小沃顿和卢西奥是那什么？”

“我也不知道，警长。我得先去看看米切尔夫人。然后，我打算去医院探望探望波普·沃顿。”

我到圣徒纪念医院时都快中午了。我先到诊所向爱玻报到，然后就去探望波普·沃顿。他独自待在病房，人颇为虚弱，看起来比六十九岁的实际年龄老得多。我看了看他的病情卡，坐在床边，问他感觉如何。

“有时候好，有时候不怎么好。”他答道，声音又小又含混，“如果胳膊和腿能动就好了。”

“麦克来看过你吗？”

"好几天没来了。我猜他被农场上的马戏团弄昏了头。"

他眼神中满是回忆:"所有孩子都喜欢马戏团——动物明星、小丑,还有空中飞人,喧闹而色彩缤纷。我两个孩子都喜欢马戏团。我觉得有段时间他们还相当着迷,尤其是对小丑。"

"我看到你们家有间房贴满小丑的图片。"

他目光对准我的双眼:"很疯狂,不是吗? 不过,孩子们没有母亲,只有我。我猜自己不知道该怎么管教小孩。有时候麦克太调皮,我会把他锁在卧室里,不过他会从窗口跳出去。我不够严厉,总觉得对他们来说,失去母亲已经够惨了。"

"你是不是觉得,小丑某种程度上成了母亲的替代品。"

"我也不知道。不过,我知道他们这种沉迷不太正常。"老人的眼角滴下了泪水,"失去孩子非常痛苦。"

回到诊所,爱玻给我看了春野市下午出版的报纸。"那个记者杰夫·斯拉特里刚来过,留下了这份报纸。"她说。

报纸头条大标题是"神秘消失的空中飞人命丧怪诞小丑表演"。

"真够耸人听闻的,"我说,"肯定能多卖不少报纸。也许我该拿去给乔治·比格尔看看。"

"你打算再去马戏团?"

"我还能去哪儿? 如果抓紧,我还能赶上下午的演出。"

我赶到的时候演出刚刚开始。表演帐篷周围的停车场塞满了汽车和马车。卢西奥·蓝皮兹的失踪及死于非命丝毫没有影响马戏团的生意。我打算立刻去质问比格尔。不过，路上碰到了蓝皮兹兄弟的老大，阿图罗。我惊讶地发现他穿着闪亮的紧身裤，显然正准备上场表演。

"演出继续，"他简短地回答我的问题，"毕竟大家都是来看蓝皮兹兄弟的。"

"阿图罗，给我介绍介绍你弟弟。他是什么样的人？"

"与其说是个男人，不如说他还是个孩子。他还不到二十岁。"

"他有女朋友吗？"我问。

"当然。很多女朋友。"

"在演出的镇上？"

"有时候是。他在马戏团里也有个女友。我像他这个年纪时跟他一样。"

哈维和小丑们快速退场，乔治·比格尔穿着主持人服装再次出现。"现在没时间说话，"我一靠近，他就说，"演出完再来找我。"

"很快，我就一个问题。你为什么会选择北山镇？"

"马戏团有人熟悉本地，认为来这儿演出不错——我忘了是谁。大夫，让开，好吗？希尔达马上要骑着马过来了。"

我观赏了骑术表演，并且第一次好好观看了驯兽演出。然后我集中精神观察着蓝皮兹兄弟，观察他们在空中飞舞时光线的变化。当他们鞠躬退场时，观众席沸腾了。

"你在等我丈夫？"演出结束后，希尔达问我。

"没错。"

她略显担忧："听着，我们不想惹麻烦。"

“在我看来你们已经惹上麻烦了。谋杀总是恼火的事儿。”

“我不是说谋杀,我的意思是——”

突然乔治·比格尔出现在她身边。“闭嘴,希尔达。”他说,“你话太多了。”观众们陆续退场,有些人还特意过来要希尔达的签名。

我把她丈夫拉到一边:“比格尔先生,这可是谋杀调查。事情早晚会暴露。”

“暴露什么?”

“卢西奥·蓝皮兹的消失是马戏团博宣传的把戏,正如蓝思警长一开始认为的那样。”

“你疯了!”他目光透出惧色,“谋杀算什么宣传策略?”

“我现在说的不是谋杀。我说的是别的事。我知道卢西奥消失的秘密。他和阿图罗摔下高台后,小丑们一拥而上,去扶他们,其中一个小丑替卢西奥套上了宽大的小丑服。他混在小丑之中退了场。”

“每个人都知道他又爬回了高台。”比格尔反驳道。

“不,不是每个人。我看见了,特迪看见了,我们座位周围很多人都看见了。不过坐在后排的观众说,只看到阿图罗爬回去。演出让人眼花缭乱,观众很难分清什么时候是四兄弟在表演,什么时候五兄弟都在。我问我自己,为什么知道卢西奥回到了高台?要知道他们看起来都差不多,而且我之前从未见过他们。只有一个办法能辨别他们的身份,就是他们穿的紧身裤颜色。从我的座位看过去,粉色聚光灯照在阿图罗的白裤子上,让我以为他就是卢西奥。蓝思警长从另一个角度看过去,却知道那就是阿图罗。”

乔治·比格尔想用眼神镇压住我,不过他终于还是软下来:“好吧,我们确实想博点宣传。这有什么不对?”

“后来空秋千自己晃动起来,是因为你们绑了黑线偷偷扯动。就跟魔术表演一样。”

“没错,没错。”

“而且,是你给《春野报》的记者打的电话。”

“为什么不呢?我还给哈特福德和普罗维登斯的记者都去了电话。不过,只有《春野报》的家伙来了。”

“谁杀了那孩子,比格尔?你怕他把真相泄露给新闻界?”

“卢西奥就像我儿子。我连他一根头发都不会碰。”

我们尴尬地站着,我想了想,决定相信比格尔。小丑们帮助卢西奥消失,掩护他离开帐篷。小丑肯定是其中的关键。而且,麦克·沃顿也打扮成小丑。

我看到哈维沉默地站在一旁,叫住了他。他不但没过来,反而躲进了演出用的大帐篷。帐篷里肯定空无一人。就在这时,我突然明白了真相。

我拔腿追了上去。“我知道你是谁!”我大叫道,“你逃不掉!”

哈维朝对面出口跑去,不过蓝思警长突然出现在那里,杰夫·斯拉特里紧跟在后。哈维四下看看,小丑面孔惊慌地扭曲起来。突然,他沿着绳梯,往高空平台爬去。我深吸口气,追了上去。

“大夫!”蓝思警长吼道,“别去!你疯了吗?”

哈维爬得比我快,他爬上平台后,转过身俯视着我,从衣服下面掏出一把小刀。蓝思警长说得没错——我疯了才追上来。

“得了,哈维,”我柔声说着,爬上平台面对他,“你已经杀了一个人。你不能再沾上鲜血了。”

他面对着我,刀子握得稳稳当当。我小心翼翼地向前跨了一步,他挥动小刀,差点儿划破我胸口。地面上发生着什么我看不见,也听不到。在这一刻,我的世界里只有小丑哈维一人。

“你在老宅的旧房间里杀了卢西奥,”我平静地说,“为什么这么做?”

刀子再次划过空中,让我不敢靠近。

“你为什么要这么做?”

小丑哈维终于说话了,声音如同耳语:“我不是麦克·沃顿。”

“我知道。”说着,我向前猛一扑,撞到小丑的腰上。我们一起掉下了高台。我从高空坠落,过程久得像永恒。最后,我们终于落到了安全网上。

小丑哈维是麦克·沃顿的姐姐伊莎贝拉,几年前从家逃走。“她离家出走后加入了马戏团。”后来我告诉蓝思警长,“从她房间里那么多小丑图片来看,她着了迷。”

“我还以为那是麦克的房间。”

“麦克打扮成小丑只是为了暂时接近一下他姐姐。凶案现场的墙壁是粉色——从这里我们就看得出这是个女孩子的房间。波普·沃顿估计没动她的旧房间,一方面可能是太伤心了,没法动手,另一方面可能是希望她还会回来。她确实回来了。比格尔告诉我，是马戏团某个人建议来北山镇演出。我毫不怀疑这个人就是伊莎贝拉。而且，她打扮成小丑哈维时从不说话，正是因为她不想被别人发现哈维是个女人。”

“也许麦克在他姐姐房间杀人。”警长说。

我摇摇头：“波普·沃顿告诉我，有时候他把麦克·沃顿关在房间时，他会跳窗逃走。所以，麦克的房间肯定在一楼。”

“她为什么要刺死卢西奥？”

“阿图罗说过，卢西奥在马戏团有个女友。这个女友肯定就是伊莎贝拉。她带他回到老宅，去看她贴满小丑图片的旧房间。也许她受到什么刺激，突然失控——可能正是她最初离家出走的原因。当然也可能仅仅出于嫉妒而已。阿图罗说卢西奥有时候会在演出的镇上，跟当地姑娘勾勾搭搭。”

蓝思警长悲伤地摇了摇头：“波普肯定受不了这打击。”

★ ★ ★

“警长说得没错。”山姆医生总结道，“警方决定起诉，但那之前伊莎贝拉就疯了，波普也送了命。麦克倒是一直在，但帮不上忙。那以后他也逃离了本镇，再没消息了。我不知道蓝皮兹剩下的四兄弟怎么样了。不过，我想乔治·比格尔不敢再玩宣传把戏。而我呢，我也不敢再从高空跳进杂技安全网。如果你很快再次光临，我会跟你讲一个商业大亨到北山镇附近种植烟草，希望让大家发财的故事。结果，不光他的发财梦落了空，还有别的东西也随之毁灭。这个，我要等下次再告诉你。”

34

烟草熏制室之谜

“很早很早以前，人们就开始在康涅狄格河畔[1]种植烟草，”山姆·霍桑医生边说边给客人斟酒，“不过，要等杰思博·简宁斯在大萧条顶峰来北山镇后，本地才开始发展烟草种植。而他的到来也揭开了一个谜案的序幕，那是我曾经碰到过的，最令人困惑的谜案之一……”

★ ★ ★

事情发生在一九三四年九月，简宁斯烟草公司在镇北几英里远种植的烟草迎来了第一次收获。当时，报纸上全是摩罗城堡号[2]在新泽西[3]海岸附近自燃的消息，所以没什么人注意简宁斯的

① Connecticut River，流经美国新英格兰地区的大河，发源于新罕布什尔州康涅狄格湖，流经马萨诸塞州、康涅狄格州等。

② Morro Castle，20世纪30年代在美国纽约及古巴哈瓦那之间对开的豪华游轮。得名于哈瓦那海峡入口处的摩罗要塞。

③ New Jersey，美国东部的一个州，北部和纽约市接壤，南部受费城影响较大。

巨大成功。简宁斯刚到镇上的时候我就见过他了。那之后，我差不多可以算他半正式的公司专用医生，时不时替他收入微薄的雇工们看看病，比方说中暑、脱水，诸如此类的。在那年七八月时，他还带我参观过一次种植园，参观那些在粗棉布覆盖下茁壮成长的烟草。他人很瘦，微微驼背，有着鹰一样锐利的面庞，走路速度飞快。我差点儿跟不上他，还被他说道："医生，你得多运动。你比我足足要小上二十岁，走这么点路就喘不上气了？"

"我最近身体是不太好，"我附和道，"这些棚子是干什么用的？"

"粗棉布棚子用来遮烟草植株，这样烟叶就会长得又大又薄，用来制造卷烟再合适不过了。本地土壤也适合这种耕作方式。等烟草成熟后，中间的叶子差不多也成熟了，到时候我们整株收割起来。晒蔫以后，转移到干燥房，等完全去掉水分以后就可以熏制了。"

"关于熏制，我倒是略有所知。"我打趣道。

简宁斯压根儿没理会我。"熏制一共要花上六个礼拜。如果天气太过潮湿，我们还可以生上火烤一烤。这边就是熏制室。"他把我带到一处长长的建筑旁，墙面每隔几英尺就缺了一整条，好像在搭建时木板不够用了，"这些空隙是熏制时通风用的。"简宁斯解释道。

"上次我诊治的那个工人，割到手的那个——"

"罗伊·汉森。"

"没错，汉森。他用斧子砍烟草的时候，不留神砍伤了手。不过，现在就收割，是不是太早了点。"

“他不是在收割，”简宁斯说，“现在正是烟草开花的季节，我们得把顶端割掉，好让它集中长叶子。汉森就是这样才割伤了手。”

我这次到种植园就是为了替汉森复诊。和杰思博·简宁斯聊了一会儿之后，我走进熏制室，看看汉森恢复得怎么样了。他右手还缠着厚厚的绷带，不过可以帮忙整理烟草架子，等会儿好送去烘干。

“伤口感觉如何？”我边解开绷带边问道。

汉森是个二十多岁的小伙，短发，体格壮得像运动员。上次替他包扎的时候，他告诉我以前打过业余拳击，还担心这次受伤会使他的拳击生涯画上句号。“不算坏。不过，夜里还是有点痛。”

“愈合得不错。”我揭开最后一层绷带，“等我换条新绷带。”

“我还能继续打拳吗，大夫？”

“我看行。不过你很幸运，运气糟的话半个手掌就没了。”

这时，杰思博的妻子莎拉·简宁斯提着水桶，拿着长柄勺走了进来：“有人想喝点水吗？山姆，要喝点吗？”

“多谢，莎拉。我暂时不需要。”我说。

她是个聪明睿智的女人，在熏制室里和工人们说笑着，开着无伤大雅的玩笑，若有人想更进一步，她却能自如地挡回去。如果杰思博发现有人玩弄他的妻子，我毫不怀疑他会杀了那个人。不过，目前而言，似乎没有这种危险。

我和她一起走回农舍，走向我的新车停泊处。“那是什么？”

她问道，“奥兹莫比尔轿车[①]？我记得你以前喜欢跑车。”

“那时还年轻，”我对她说，“人过了三十五岁，总得安定下来。”

“我还以为安定下来是指成家。”

“没准儿我也会考虑成家，只要碰到合适的女人。”

那是我最后一次去简宁斯的烟草种植园，是几周前的事了。那之后，罗伊·汉森自己到诊所换了一次药，然后我告诉他以后可以自行换药。不久之后，他的伤口就会完全愈合，只剩下一道疤痕。

“一个不错的年轻人。”他离开后，爱玻护士说。

“他想成为职业拳手。你能想象到吗？”

“这年头，年轻人想找个普通的职业没那么容易。”

“他比我们年轻不了多少。据他自己说都二十七岁了。”

“在简宁斯的烟草农场，他挣不了几个钱。”爱玻透过窗户，看着他走向医院停车场，“车里有个姑娘在等他。”

“哦？”我走过去，站在她身边，“好像是莎拉·简宁斯。”

“真的？”

“离这么远，我也不敢肯定。没准儿她刚好到镇上来办一周一次的大采购，带上他帮忙。”

爱玻回到自己的办公桌边。我目送两人驾车离开。“噢，我

① Oldsmobile，美国著名汽车品牌，由 Ransom E. Olds 在 1897 年创建，2000 年通用汽车公司宣布其退出历史舞台。

差点儿忘了告诉你，”她说，“蓝思警长打电话来，请你共进晚餐。”

“我等下给他回电话。”我说。今年夏天诊所不太忙，蓝思警长夫妇经常邀请我一起吃饭。

我再次受邀前往简宁斯的农场，是九月初的事了。那是个温暖的下午，我突然意外地接到莎拉·简宁斯的电话。而且，她并不是请我去出诊。我到的时候，她已经在农舍前廊上等着。我注意的第一件事是，她眼中常有的笑意消失了。她打开一张纸，递给我说：“请你看看这个，山姆。”

我飞快浏览着字条，字迹故意写成幼稚的印刷体，显然是为了掩盖真实笔迹：“我知道你和汉森在烟草熏制房里的勾当。上帝会惩罚你们的罪恶。”字条上没有署名。

“这是昨天跟邮件一起送来的。”她说，“上个礼拜也收到过类似的信，我在炉子里烧掉了。山姆，你以前帮警察办过案，不是吗？我希望你能帮我找出寄这些信的人。”

“不过，莎拉，这恐怕有点超出我能力范围了。”我犹豫着，又问，“信上说的是真的吗？”

她脸立刻涨得通红：“当然不是。罗伊是个不错的小伙子。我对他和对其他人一样友善，仅此而已。信上完全是一派胡言。”

“你心里肯定有了嫌疑人选。”

“不，完全没有。我想象不出有谁恨我恨到这地步。”

“你向蓝思警长报告了吗？”

“报告什么——两封匿名恐吓信？我甚至不知道寄这种信算不算犯罪。”

“杰思博知道这事吗？”

她别过脸：“我没告诉他。眼下，他要操心的事情够多了，第一批烟草马上要收割。我希望你能找出寄信的人，然后我们可以妥善地了结此事。”

“怎么了结？假设我真能找出寄信的人，你打算怎么办？”

“我——我猜我会跟他或她当面对质，要求道歉。如果是某个农场帮工干的，我打算炒了他。”

“你们雇了多少帮工？”

“在家里帮忙的是布林达。她帮我做饭、打扫卫生。杰思博雇有十五个罗伊这样的全职帮工。其他都是刚请来的移民临时工，帮忙收割的。”

我站起身来：“莎拉，我不能答应你什么，不过我会四下打探一番。谁有机会看到你和汉森独自待在熏制室？”

“没人！我们从没单独待过。”

“今年夏天早些时候，我来农场出诊的时候，你往熏制室里送过水——天气热的时候你经常这样做吗？”

“偶尔吧，”她说，“不算经常。”

“从我来的那天开始，汉森就独自在里面工作，因为手受伤的缘故。”

“这个，确实。不过，通常都有其他人在。”

“我想你对匿名信反应过度了。寄信人肯定不怀好意，不过在我看来，他是个不敢采取直接行动的懦夫。毕竟，除了再次给你寄信，他还能怎么办？”

对这个问题她早有准备：“他可以寄信给我丈夫。”

布林达·桑乔兹是个大块头女人，有一半墨西哥血统。她受雇替简宁斯家做饭、打扫房间已有将近一年。我在宅内厨房找到她，同在厨房里的还有简宁斯夫妇唯一的儿子马修。这孩子内向但很聪明。他还没决定要不要子承父业。

“你好，马修。回学校感觉如何？”

他阴沉地看了看我：“老爸还不许我回去，让我再留一周帮忙收割。”

“我还以为收割差不多该干完了。”

“进展很慢。”布林达插嘴道，完全不拿自己当外人，“六月天气太凉，烟草成熟推迟了。”

“我想找罗伊·汉森，看看他手上的伤势。你看到他了吗？”

“他手已经痊愈了。”布林达说，“在外面和其他人一起收割烟叶呢。”

我从后门出去，穿过熏制室，走向烟草种植地。现在粗棉布棚已经拆掉了，一排排阔叶烟草暴露在眼前。只穿着内衣和粗布工作服的男人们挥动着斧子，忙着收割。杰思博·简宁斯混在工人中间，正在教一个新来的零工，怎么单手捋好烟叶，从植株根部砍下去。

汉森正把新收割好的烟叶堆在干燥架上。前几天收割的,已经干燥好的烟叶就要运往熏制室。“手恢复得如何了?”我问他。

“痊愈如初了,医生。”他举起右手,伸屈手指示意道。

“如果你有几分钟空闲,我想跟你聊聊。”

“当然。”

“你知道,本镇很小,流言飞语很容易流传开。”我四下看看,确保没人能听到我们的对话,“我听到一些关于你和简宁斯夫人的传言。”

“什么?什么样的传言?”他的惊讶看起来是真诚的。

“你和她单独在熏制室里待过没有?”

“天哪,没有——总有别的人在。简宁斯先生也总是在场。谁跟你乱嚼舌头?”

“那不重要。罗伊,总之你要小心。有些人就是爱挑事。”

“多谢相告。”他说。

他回去接着干活儿,我往田地深处走去,观察着忙于收割的工人们。我知道有些工人差不多算文盲。匿名信不太可能是他们写的。邻居或者定期来访的谁更有可能。不过,我想先查证另一种可能性。

我回屋时,莎拉正在前廊上浇花。

“发现什么没有?”她问道。

“没什么。我和汉森聊了几句,看起来他不知情。我没提到匿名信的事,就说有传言。”

“他当然不知情——我们本来就没什么！那纯属一派胡言。”

“莎拉，你能不能安排我留下来吃晚饭？我想在更轻松的环境下观察农场的人。”

“没问题。布林达每次做饭都够喂饱一小支军队。”

移民临时工和某些常年雇工在外面工棚一起吃饭，他们也睡在那里。简宁斯雇的耕作负责人——弗兰克·普雷斯科特和汉森都住在镇上，所以他们在宅内和简宁斯一家共进晚餐。当天完工开饭的时间都快七点了。餐桌边坐着莎拉、杰思博、马修、汉森、普雷斯科特，当然还有我。

餐桌上，简宁斯和普雷斯科特一直在讨论当天的活计，显然他们平时也这么干。普雷斯科特四十几岁模样，瘦是瘦，身子还挺结实。除了回答简宁斯，他一句话也不说。

“弗兰克，你今天的进展如何？零工可还够用？是不是一切都按计划推进了？”

“还缺人手。”弗兰克答道。

简宁斯转头对汉森说：“罗伊，你能找一些无所事事的流民来顶两天吗？”

“铁路边流民倒是多。不过，我不知道他们会不会收割烟草……”

“我们刚请的零工也不会，”简宁斯说，“今天我还得教一个家伙怎么用斧子。”

汉森答应第二天一早上班前找几个人来，然后话题就转移到收成规模上。“收成没有预想中好，”弗兰克·普雷斯科特说，“不过这才是第一年。以后会越来越好。”

晚餐的最后，布林达上了美味的苹果派。之后，简宁斯带着普雷斯科特和汉森一起去巡视干燥架。收音机说可能有雨，简宁斯想看看新收割的烟叶遮盖妥当没有。我和马修一起上楼，去了他的房间。那是个典型的男孩房间，挂满了校旗，堆着脏衣服。地上还摊着玩了一半的大富翁游戏[①]。几个最近从嘉年华游园会搞来的蓝色气球飘在空中。在乱七八糟的斗橱上，还放着几个四健会[②]的勋章，显示出房间主人并非毫不上进。

“我想单独跟你谈谈，马修。”我说。

“谈什么？”他闷闷不乐地说，“我又没生病。”

“我想问你弗兰克·普雷斯科特和罗伊·汉森的事。你肯定经常见到他们，毕竟，他们每天跟你们一起晚餐。你喜欢他们吗？”

他把头转到一边：“是的，他们还不错。”

“你们常聊天吗？”我指了指大富翁游戏板，“他们会不会陪你玩游戏？”

“罗伊偶尔会到我房间来。他喜欢玩大富翁。除了餐桌旁或田里，我很少见到普雷斯科特。他年纪比我大多了。”

---

① Monopoly，一种桌面游戏，玩家通过掷色子，发展自己的房地产，争取吞并其他玩家的产业。

② 4-H Club，美国农村青少年发展协会。四个H是代表头脑（head）、爱心（heart）、动手能力（hands）以及健康（health）。

“他看上去很安静，”我说，“不怎么说话。”

“噢，老爸不在的时候他话可多了。”

“你母亲喜欢他们吗——我是说罗伊和普雷斯科特？”

“我猜还行吧。”

跟他说话时，我就坐在床边上。这时，我站起身来，说：“也许哪天我们俩可以玩上一盘大富翁。你说呢？”

他耸耸肩：“行啊。”

“很好。马修，如果你有烦心事，我非常愿意听你倾诉，帮你出出主意。不一定非要是健康方面的问题。我很善于倾听，毕竟，我也经过你这个年龄——我知道有些话你不愿意跟家人讲。”

他没回答。我离开房间下了楼。杰思博·简宁斯回了厨房。“熏制室的灯不亮。”他说，“我估计是保险丝烧了。”他到处翻着，找到一盒保险丝后，又急匆匆地离开。天色已经黑了下来，不过我能看到普雷斯科特在农舍附近，正要把一堆木柴搬到柴堆那边去。

“他们打算点篝火。”布林达告诉我，“天气预报有雨，所以他们不得不提前做好准备，确保收获的烟叶干燥。”她打开冰盒，开始刨冰。

“你的工作不轻松啊，”我说，“不光替简宁斯一家煮饭，还要给其他人煮。”

“我无所谓。”她继续刨着冰块。

“你喜欢罗伊·汉森吗？”

“当然。大家都喜欢罗伊。”

“简宁斯夫人在家吗？”

“我想她出门了。”

我从后门出去，穿过场院。熏制室里的灯还没亮，不过从墙的缝隙里，我看到有人影移动。“哈啰！”我大声叫道。

“我们在里面，大夫。”一个声音答道，听着像普雷斯科特。

我走进熏制室，试图穿过迷宫般纷繁复杂的熏制架。房里光线很暗，全靠农舍和另一侧工棚的灯光提供些许照明。我走进架子深处时，这点亮光也消失了。“哈啰！”我再次大声叫道。

“在这边。”杰思博·简宁斯叫道。

我朝他声音的方向摸过去。

突然，黑暗中传来一阵濒死般的惊呼，让人毛骨悚然。“发生了什么事？”我问着，加快了步伐。慌乱间，我一不留神撞翻了熏制架，烟叶散落一地。

突然，头顶的灯亮了。我看到普雷斯科特和汉森就站在我前面二十英尺处，在保险丝盒旁。杰思博·简宁斯倒在他们身前肮脏的地板上，喉咙被割断了。

他死了，双眼圆睁，流露出恳求之色，仿佛在乞求我的搭救。然而，我来晚了。

我试着施救了几分钟，然而已无力回天。“怎么回事？”我问面前两位满脸无助的男人。“谁杀了他？”目光所及之处不见凶器。

弗兰克·普雷斯科特慌乱地摇着头："大夫，我知道才有鬼了。我就听到他——他惨叫一声，倒了下去。我们站得很近，彼此都摸得到对方。"

"好吧，"我说，"把你们口袋里的东西全掏出来。我得确认一下你们带没带小刀。"

我检查了两人的口袋，并且模仿蓝思警长的办案手法，飞快地搜了身。然而，找不到凶器。

"出了什么事？"莎拉·简宁斯沿着室内的通道朝我们走来，"躺着的是杰思博吗？"

"回房去，给警长打电话。"我告诉她说，"出事了。"

"杰思博——"

我朝她走过去，安抚地抱着她的肩膀，说："我很遗憾，莎拉。他死了。"

她尖叫一声，差点儿昏过去。

我扶着她回了房，吩咐布林达给蓝思警长打电话。马修下了楼，站在厨房中，面如死灰。"现在你必须勇敢起来，小伙子。"我对他说，"你要勇敢，帮你母亲应付眼下的局面。"

直到警长出现为止，我们都没去碰尸体。他飞快地查看了一下，转身对我说："至少不是密室杀人，要知道牵扯你的一般都是那种怪案。这间房子的出入通道就像锈坏的筛子眼那么多。怎么回事——修房子的时候木材不够用？"

"这是一间熏制室。"我解释道，"干燥的烟叶在熏制时必须通风。当然，还有一种方法是用烟熏。不过美国烟叶一般都采用自然熏制法。”

“大夫，听起来你是这方面的专家。”

“今年夏天，简宁斯带我参观农场时，向我详细介绍过。”

“是谁杀了他——汉森还是普雷斯科特？”

“听起来可能不敢置信，不过警长，两人都敢发誓他们谁也没杀他。两人跟着简宁斯进来时，手都是空着的。汉森倒是穿了件宽松外套，但外套没口袋。而且，案件发生几秒钟后，我就搜过他们的身了，两人身边都没带凶器。而且，熏制室的地板上，就在这些烟草架中间，也找不到凶器。”

“大夫，这说明不了问题。割喉不一定要用刀。我知道有些案子中，一根细铁丝就能解决问题。”

“我也听说过。但这起案件不可能。如果用铁丝勒紧脖子，肯定会留下一圈勒痕。而且，当时他一直原地站着，也不是自己撞到拉紧的铁丝上。”

“会不会是用钓线绑着钓钩，甩过来——”

“在黑暗中吗，警长？更别说当时他旁边还紧挨着两个人？再说了，看看伤口——太光滑了，不可能是钓钩造成的。肯定是利刃用力从右到左一次划出。”

“这意味着什么？”

“这意味着凶手很可能站在受害人背后，手从受害人肩上穿过。如果他在受害人前面，刀锋一触到皮肤，受害人会条件反射地向后缩。而且，凶手站在被害人后面，还能防止身上沾到血。”

“你想得出什么结论，大夫？”

“凶手站在受害人背后，手从受害人肩上穿过，用利刃飞快地从右到左割断了死者喉咙。这些都可以从伤口推断出来。这意味着，凶手是左撇子。”

蓝思警长面色凝重：“来吧，大夫。我们得检查农场里的每个人。”

接下来的一小时，我和警长忙乱无比，却一无所获。莎拉和马修·简宁斯都是右撇子，布林达也是。罗伊·汉森和弗兰克·普雷斯科特也是右撇子。整个农场只有两个左撇子，都是住在工棚的移民零工。不过，凶案发生时，移民零工和寄宿农场的雇工都在吃晚饭。他们可以发誓，案发时没人离开过餐桌，哪怕一分钟。

蓝思警长恼火地说：“听着，大夫，汉森和普雷斯科特发誓他们身上都没有凶器，他们敢保证没听到其他人走近。莎拉、她儿子和厨娘倒没在一起，也没有不在场证明。不过，以上五人都是右撇子。而且，工棚里的人都有不在场证明。”

我回到室外，再去找汉森和普雷斯科特聊聊。蓝思警长派出一位副警长细细搜索熏制室地面，看能不能找到案发后扔掉的凶刀。不过，我敢肯定他将会一无所获。

“罗伊，”我说，“你打算明天早上去雇些游民，对吗？告诉我，游民营地离铁道多远？”

“我估计有一英里左右。”他疑惑道。

“会不会某个游民逛到农场来找工作。你们在熏制室时，他刚好闯了进来？”

回答的是普雷斯科特，他摇着头说：“不可能，大夫。熏制室的保险丝是凶手故意抽掉的，就是想把杰思博引出去。偶然到此的流民不可能知道他会亲自去修理。而且，流民没有杀他的动机。再说了，如果有人靠近，我们肯定知道。”

“那你认为他是怎么被害的？”

“这你可难倒我了。”普雷斯科特老实说，“我确实不知道。”

我转向汉森：“罗伊，你呢？”

“他肯定不是自杀，我就知道这个。”

蓝思警长最近在学习大城市警察的办案方法，他派出某位副警长给尸体拍照。我回到厨房，布林达正在安慰莎拉。

“他们发现什么了吗？”莎拉问我。

“还没有。副警长们在搜查熏制室。”

“是因为我，对吗？因为那些匿名信？”

“我不这么想。”

她擦干眼泪，试图镇定下来。布林达在一旁装模作样地整理厨房。“你为了这个家殚精竭虑，”与其说她在对我讲话，不如说在自言自语，“负担起一家子。你看着儿子长大成人，看着他开始跟姑娘约会——”

“你说什么，莎拉？你是说杰思博还是马修？”

“我也不知道。两个都有吧。”她又哭起来，布林达赶快过来安抚。

我爬上二楼，轻轻敲着马修的房门。“走开！”他说。

我打开门走了进去。“能和你谈谈吗？”我说，“关于你父亲。”

“他死了，是我害死他的。”

我挨着他在床边坐下，抱住他的肩膀。他转头看着我。

“我给妈妈写了几封信，关于她和罗伊·汉森。老爸就是因此才遇害。”

“你写了——”当然，我不是没有怀疑过他。写信人语法很漂亮，不大可能是布林达或者农场哪个雇工干的。不过，他直接承认还是让我吃了一惊。

“你为什么要这么做，马修？为什么要这样折磨你母亲？”

“她对罗伊比对我还关心。晚上我只能待在房间，罗伊却和她一起待在客厅。”

“我还以为你和罗伊是朋友。你说他陪你玩过大富翁。”

“那不过是他手还没好那会儿，打发时间罢了。他根本不喜欢我。”

“你看到过他和你母亲单独在熏制室吗？”

他移开目光。“没有。”他小声说，“那是我编的。我只想伤害她。我还以为那样一来，她就会离他远点，多关心我。”

“我们必须向她坦白，马修。你干的事很糟糕。不过，这和你父亲的死没关系。别为此责怪自己。”

我陪他又待了一阵。他说起父母，说希望搬到城里去。最后，我离开他的房间,回到楼下。蓝思警长站在场院里,一脸沮丧。

“我们把熏制室每一寸地面都找遍了,大夫。什么也没找到。没有凶刀,也没有其他可以用来割喉的东西。”

我突然有了个主意。

“你搜过死者口袋吗?”

“嗯?这我倒没想到。”

“如果是普雷斯科特或者罗伊·汉森干的,他们没准会把凶器藏在死者口袋里,逃避搜查。”

想法倒是不错,不过简宁斯的口袋里除了一条手绢和一些嚼烟外,什么也没有。蓝思警长站起来摇摇头,命人把尸体运到医院去解剖。“大夫,我们好像陷入困境了。”

“给我点时间。”我说。

有些工人站在阴暗处看着这一切。也许他们担心简宁斯一死,自己的工作也泡了汤。莎拉肯定也想到了这一点,她派普雷斯科特去和工人们谈话。

“简宁斯夫人说了,你们不必担心工作的事。明天照常开工。她会把农场继续开下去。”

虽然当下的气氛不适合欢呼,但他的话明显让工人们为之一振。他们回工棚时,嘴里还喃喃着支持的话。

蓝思警长站在一旁看着普雷斯科特。“你看他们两人会合谋杀人吗,大夫?”

“不,我认为他们关系没好到那份儿上。”

“现在该怎么办？”

“找出左撇子。”

他看看我：“嫌疑人中就没有左撇子。”

“那就是不可能犯罪，本案果然还是不可能犯罪。”我笑道。

“你笑什么？知道什么了吗，大夫？”

“只是个想法。我会查证一番。”我说。但突然之间，我明白这想法肯定没错。

我在客厅找到莎拉，坐在她对面：“我知道是谁写的匿名信。”

“那好像是很久之前的事。”

“是马修。他向我承认了。”

“为什么？他说没说为什么要做这么糟糕的事？”

“他认为，你对罗伊比对他更关心。你知道，罗伊只比你儿子大十一岁。”

“我知道。”她低沉着脸，面色苍白，“不过，用这种谎言来折磨我——”

我深吸了一口气。

“对马修来说，他是在撒谎。不过，信上说的不全是谎言，对吗？你儿子本想编造假话来伤害你，没想到刚好说中了事实。你和罗伊·汉森的确相爱。你把信给他看之后，他慌了神。他害怕了，怕信是杰思博自己写的，或者怕杰思博会发现真相。”

“别说了！”她对我大叫着，站起身来，“别再说了。你想指控罗伊杀了我丈夫，但那不是真的！我知道，那不是真的！”

“非常遗憾，莎拉。正是罗伊·汉森杀了杰思博，而且，我认为你心里也清楚。”

莎拉·简宁斯确实知道真相。蓝思警长从她那儿得到了证实。

“如果是他割断简宁斯的脖子，那凶刀去哪里了？别告诉我他用的是冰刀，化成了水。伤口很干净，不可能是冰刀割的，肯定是比冰刀更锋利的东西造成的。”

“确实是，警长。我认为凶器是剃刀片。”

“那剃刀片到哪儿去了？”

“把电筒借我，我指给你看。”

我接过电筒，领着警长回到熏制室内的凶案现场。我把手电筒向上举着，照到屋顶最高处，顶灯之上那块地方：“就在那儿。看到没有？”

“是看到有什么东西。看起来——该死，看起来像个蓝色气球！”

“正是——气球上绑着剃刀片。汉森从马修房间里搞来气球。前几天他去和马修玩过大富翁，趁那时顺手摸来。他在气球上绑了条剃刀片，然后夹在宽松外套里。他知道简宁斯会亲自去换保险丝，所以叫上普雷斯科特一起跟着去。在黑暗中，他手穿过杰思博的肩膀，一刀割断他的喉咙，在血喷出来之前就收回手。然后他松开刀片，气球自然飞到天花板上。晚上那里颇为隐秘，哪怕我们抬起头也不大可能注意到顶棚上飘着只气球。他大概打算等天之前偷偷把气球弄走。如果搭上梯子也够不着，他可以用弹弓或玩具枪打爆它。”

“这么说，凶手也可能是普雷斯科特。”警长争辩道。

我摇摇头。

“汉森有动机，我稍后再告诉你。而且汉森有机会从马修房间弄到气球。最重要的是，罗伊·汉森是左撇子。”

“天哪，大夫，我们都查过了！他是右撇子——他证明了。”

“有小部分人左右手都很灵活。汉森就是其中之一。我有第一手证据。今年夏天早些时候我替他看过手伤。他用斧子给烟草去顶时，不小心砍伤了握着植株的手。他砍伤的是右手，警长。也就是说，他用左手持斧——割断简宁斯喉咙的同一只手。”

★ ★ ★

“汉森是个不幸的年轻人。”山姆医生喝了口雪利酒，总结道，“当晚，蓝思警长打算实施抓捕时，他逃走了。第二天在铁道上找到了他的尸体。他本想摸黑跳上一列火车逃走，不幸倒在了车轮下。莎拉好长时间才从那晚的双重打击中恢复过来。下次你来敝舍，我打算跟你讲讲我冬天时在缅因州[1]度假的经历——尤其是雪地上的奇怪脚印。”

---

① Maine，美国东北部新英格兰地区的一个州，与加拿大魁北克接壤，以风景优美著称。

35

雪地小屋密室杀人

山姆·霍桑医生舒舒服服地坐在自己的专座上，啜饮了一口白兰地，说道："今天，我要跟你讲讲一九三五年一月，在缅因州度假时遇到的怪事。你可能会想，正常人怎么会选择冬天去缅因州？尤其是收费公路或高速路出现前的年代。这么跟你说吧，都是汽车惹的祸……"

★　★　★

我这辈子最大的弱点就是经不起跑车诱惑。实习期刚完，父母送给我一辆一九二一年的响箭牌黄色敞篷车[①]，直到它毁于爆炸事故前，一直是我最大的骄傲。响箭敞篷车报销后，整个二十世纪三十年代早期，我短暂拥有过的其他几辆车都不怎么样。一九三五年年初，我终于找到了梦想中的汽车——梅塞德斯－奔

① Pierce Arrow，1901—1933年间在美国非常活跃的著名豪车生产商，旗下产品大多是豪华汽车。

驰 500K 型敞篷车[1]，车身是炫目的红色。当然，一分钱一分货，车好，价钱也不便宜。好在我开业行医已经十二年多了。因为一直独身，从乡村诊所的收入中能存下一大笔钱。

车子是在波士顿买的。当我开着它回到圣徒纪念医院门诊楼时，爱玻护士简直不敢相信自己的眼睛。

"是你新买的车吗，山姆？真是你的车？"

"没错。一时头脑发热。"

她抚摸着亮红色的车漆，欣赏着发动机舱修长而优美的线条。我们一起试了试车后的折叠坐椅，检查了折叠坐椅下的两只备用轮胎。然后，我让她在医院停车场试开了两圈。"我不是在做梦吧，山姆。"她说，"从没见过这么漂亮的汽车。"

自从我到北山镇开业以来，爱玻一直是我的护士。十年前，我们一起到上帝岬度了个短暂的假期。不过，我们之间一直是纯洁的友情。我把爱玻当成好朋友，她也是最好的护士人选。我们从未产生过爱的火花。她比我要大几岁，当时都快满四十了。不过，对合适的男人来说，她仍然不无吸引力。虽然我们从不聊私事，但我有种感觉，在北山镇这个狭小的圈子里，她找不到合适自己的男人。

正因如此，她下车时，我才一时冲动地说："我们开车去缅因州吧。"

---

① Mercedes，戴姆勒（DMG）公司出产的著名汽车品牌。1926 年戴姆勒公司与奔驰（Benz）公司合并，创立著名的梅塞德斯—奔驰品牌。

“缅因州？一月份去缅因？”

“为什么不呢？今年冬天挺暖和，道路都没被冰雪封住。我们甚至可以去滑滑雪。”

“不了，多谢。我可不想落得个在腿上打石膏板的下场。”爱玻说，不过听得出来，她有些动心，“我们还有病人要看呢，拿他们怎么办？”

“汉德曼医生说，如果我想休假一周，他愿意暂时接管我的病人。三月份他打算去佛罗里达州，到时候我再帮他。”

“那好吧，我们去。”爱玻顽皮地一笑，说道，“不过别忘了，我们不滑雪。”

第二周周一我们就出发了，开车北上，穿过马萨诸塞州[1]，进入新罕布什尔州[2]境内。一路的旅程如梦似幻。虽然天气太冷，没法放下顶篷，但汽车的右舵和悠长的车前盖带给人的陌生感，以及那种风驰电掣的速度，仍然让人心醉神迷。我事先打电话，订好了班戈镇[3]北的一个度假小屋。因此，在进入缅因州境内后，剩下的路程仍然很漫长。

“开始下雪了。”第一枚雪花落在挡风玻璃上时，爱玻说道。

“开了这么久才下雪，我们运气够好了。”

---

① Massachusetts，美国东北部新英格兰地区的一个州。波士顿是该州最大的城市。

② New Hampshire，美国东北部新英格兰地区的一个州，盛产花岗岩，是美国总统选举初选所在地。

③ Bangor，缅因州中东部印第安河畔的一个镇。

剩下的旅程中，雪不大，但一直在下。当我们到达常青树旅舍时，地上已经堆积了几寸厚的雪。我把车停在一棵巨大的松树下，从折叠坐椅下取出行李。常青树旅舍是一栋纯原木的大型建筑，让人一看就想起缅因州丰茂的森林资源。旅舍大堂气氛宜人，壁炉烧得旺旺的，就像普通人家的客厅一样舒适。一个皮肤黝黑的高个子男人迎上前来。他四十多岁，说话稍微带点口音。

“下午好，欢迎来到常青树。我是旅舍的主人安德烈·穆霍恩。”

“我是山姆·霍桑医生。”我伸出手，说，“这位是——”

“啊，霍桑夫人！”

“不——”我赶紧说，“我订了两个房间。”

安德烈·穆霍恩微笑道：“是两个房间，不过中间连通。请在登记表上签名，然后我带你们去房间。”

“我们打算住六晚。”

“那很好。”

预订的两个房间都不错。一小时后，我们下楼吃晚餐。穆霍恩招手，让我们和他坐在一桌。“我最不喜欢独自用餐，”他说，“请和我做个伴。”

整个晚餐都很愉快。看得出爱玻对安德烈慢慢热情起来。他告诉我们自己有法国和爱尔兰血统。还说起去年冬天，他妻子死于一场车祸。“她叫什么名字？”爱玻同情地问道。

“路易斯。我钱包里有她的照片。失去她之后，我失去了生活的方向。我们没有小孩儿，只剩下这间旅舍。”

他把照片拿给我们看，照片中的女人和他年纪相仿，模样讨人喜欢。“她的笑容真美。”爱玻说。

晚餐期间，穆霍恩的话题包罗万象。在缅因州的密林中，居然有他这样见多识广的人，让我颇为吃惊。他刚刚才说起一个世纪前造访本地的梭罗①，一下又提到威胁整个欧陆的阿道夫·希特勒。在北山镇可没人跟我聊这种话题。

“附近有什么好玩的吗？”我问道，“我们都不打算滑雪。”

安德烈·穆霍恩耸了耸肩膀，说：“滑雪运动在阿尔卑斯山附近更为盛行。我总在想，它在美国会不会像在瑞士和挪威一样流行开。不过，我知道，在明尼苏达州②的北欧后裔中，滑雪越来越盛行了。以后的事谁说得清楚？有个新发明叫滑雪缆车，可能给人们的消遣方式带来革命。人们可以坐缆车上山，再从雪道一路滑下来。”

“在常青树，人们不能滑雪吗？”爱玻问道。

“不能。不过，我们可以穿着雪地鞋③出去散步，还可以爬山。明天一早我就替你们找到合适的雪地鞋，然后带你们四处转转。”

我知道，穆霍恩对我们这么热情招待，多半是因为爱玻的缘故。不过，我可没有理由抱怨。他颇有魅力，也是个极佳的聊天

---

① Henry David Thoreau（1817—1862），美国著名的哲学家，环保主义者。著有举世闻名的散文集《瓦尔登湖》。

② Minnesota，美国中北部的一个州，北与加拿大安大略省交界，美国大陆上的极北点在该州境内。

③ Snowshoe，专用于在雪地上行走的鞋子，鞋底形状像个大大的球拍。

对象。上床睡觉时，我对第二天的活动期待不已。

第二天一早，我们在旅舍前等安德烈时，天已经大亮了。天气颇冷，一阵阵北风让人不禁裹紧了衣领。爱玻的目光一直没有离开过旅舍大门。我把目光转向昨天停车的大松树。有个穿着格子花呢大衣的年轻人正在我的梅塞德斯汽车旁晃悠，让我吃了一惊。他手里还拿着把猎枪。

我走上前去，说道："在欣赏这辆车吗？"

"车子真美。是你的吗？"

"没错。"

"你住在旅舍？"

我点点头，说："我叫山姆·霍桑。"

"我是格斯·拉克萨特，在附近打打零工。"

"带着猎枪？"

"我刚刚在附近猎杀猛兽。一到冬天白雪覆盖的时候，它们猎食没那么容易了，就会来翻人类的垃圾堆觅食。就在今天早上，我打死了一只野山猫。"

"我不知道这里离荒野这么近。"

拉克萨特对我的梅塞德斯汽车更感兴趣。"我以前从没见过这种车，"他摸着挡泥板说，"我敢打赌，这玩意儿花了你不少钱吧？"

"确实不便宜。"我不想继续这个话题，转身离开。他也跟着从汽车旁离开，让我松了口气。

这时，穆霍恩已经下来了，手里提着三双雪地鞋。看到拉克萨特，他皱了皱眉，似乎打算说点什么，但临到头又改变了主意。我们的猛兽猎人沿着顺时针方向转过小屋，消失在房子背后。

“哦，真是个完美的清晨！”爱玻容光焕发地说道。

“昨晚山上下了雪。”安德烈说，“等下你会发现，有些地方雪积得很深。”他跪下来替爱玻整理雪地鞋，我却自己可怜巴巴地挣扎着穿好。

“你雇了几个人帮忙打理旅舍？”我问道。

“看生意情况而定。如果某个周末预订特别多，我会临时从镇上请几个短工。”

“拉克萨特就是你请来的短工？”

“他偶尔来帮帮忙。不过，这家伙靠不住。”

“他刚刚告诉我，今天早上，他打死了一只山猫。”

“哦，是吗？每到冬天，猛兽就会到山下来觅食。”

我们出发向北走去。穿过冰封的湖面，爬上平缓的山坡。爱玻和我穿雪地鞋还不太习惯，走起来比想象中困难多了。刚走出一英里，我大腿肌肉就痛得不行。

“翻过这个山头，我们可以在特德·肖特的小屋里休息一会儿。”穆霍恩提议道，“顶着这种寒风走路可不容易，尤其你们还不习惯。”

“特德·肖特是谁？”

“一个退休的股票经纪，几年前搬到本地。他一个人住，不过对偶尔上门的客人倒也友好。”

我们爬上山坡最高处之后，小屋就出现在眼前。屋旁不远处停着辆福特房车。从小屋门口到路边积着厚厚的雪，把路都埋了起来。小屋的烟囱里正冒着烟。

“他肯定在家，”穆霍恩道，“壁炉燃着，而且没有离开屋子的足迹。”

我们跟在他身后朝山下走去。爱玻指着左边问道：“那是北美山猫的脚印吗？”

穆霍恩走近看了看，说：“好像是。脚印间隔有九英寸的样子。可能就是格斯·拉克萨特今天早上打死的那只。”野兽脚印一直延伸到小屋一角，然后改变方向朝远处走去。越靠近小屋，雪积得越深。如果不是穿着雪地鞋，我怀疑我们根本就走不过去。好不容易走到门口，穆霍恩也不脱下手套，砰砰地敲着门。

没人应门。他试了试门把手。“门没锁。”他说着，小心翼翼地推开门，门外的积雪落在了屋内地板上。他摸索着开关，头顶一盏灯亮了起来。从他肩膀上方望过去，我看到一个宜人的房间，壁炉边摆放着大大的安乐椅。从房顶天窗射入的阳光照得屋内暖洋洋。我能看清充作卧室的阁楼上，床还没整理。餐桌上还有些脏的碗碟。

安乐椅的椅背上露出一个人的头顶。我和爱玻留在门口，穆霍恩急忙向椅边走去。“特德，是我，安德烈，刚刚穿着雪地鞋路过，顺便来——”他弯下腰，轻轻摇着椅子上的男人。然后，我发现他脸色变了。

“怎么了？”我边问，边朝屋里走去。

“我的上帝啊——他被刀刺中了。”

我赶紧看了看，他说得没错。安乐椅中的男人已经身亡。

穆霍恩拿起墙上挂着的摇柄电话通知了警方。

佩特警长半小时后到达现场。他和我在北山镇的铁哥们儿蓝思警长大不一样。这家伙看起来不像是待在这种偏僻地方的人——他穿着定做的制服，外面套着一看就很贵的皮毛外套，又高又瘦，微微皱着眉头。他问我们怎么会一大早到小屋来。一开始他对我毫不在意，但发现我是个医生以后，明显来了兴致。

“我们刚好没有全职验尸官，”他说，“霍桑医生，你能帮我们推测一下死亡时间吗？”

“我可以试试，”我说，“但尸体离壁炉太近，很难判断准确。尸体上没有尸斑，也没僵硬。他有可能刚死几分钟，也可能死了几小时。不过，不可能超过几小时，因为我们进来时壁炉还燃着。如果死亡时间超过几个钟头，壁炉很可能已经熄灭了。”

“也就是说，他在天亮后才被杀。”

“我认为没错。我们发现尸体时刚十点左右。屋里没开灯，而且餐桌上还有早餐留下的脏碟子。”

“天亮以后雪就停了。”佩特警长转过头对穆霍恩说，“你进来的时候，屋里没别人吗？”

“只有可怜的肖特。”

“而且，外面没有出入小屋的足迹？”

安德烈摇摇头。

“没有任何足迹，”我附和道，“我们搜查了小屋内外，到处都没放过。我们进入的那扇门是唯一一扇。在我们推开它时，门口还积着雪。没有谁靠近过小屋，除了一只野山猫。”

“那凶手肯定是在小屋过夜。”警长断言，“不过，他怎么可能离开小屋，却没留下丝毫足迹？”

“自杀，”穆霍恩说，“自杀是唯一的解释。”

佩特警长眉头皱得更深了：“如果是自杀，那凶器在哪儿？”

这个问题正中红心，我们都不知道凶器在哪儿。

警方带走了尸体。他们把尸体放在雪橇上，一路拖着翻过白雪覆盖的山坡，直到山下可以通车的路边。然后，我们三人回到旅舍。

“跟我说说肖特这人。”我对安德烈说，“你认为谁有杀他的动机？”

旅舍老板耸耸肩：“我猜是他以前认识的人吧。自从他搬来本地之后，很少跟附近的人碰面，谁也谈不上对他有敌意。正如我之前告诉你的那样，他虽然友好，但喜欢独处。”

“他到旅舍来过吗？”

“没怎么来过。”他好像突然想到什么，打了个响指说，“不过几天前他倒真是来过。来拜访在此居住的一位女士。我记得看到他时还吃了一惊，但转过头就忘到一边了。”

“她还在这儿住着吗？”

“是的，我想她还在，就是德弗洛夫人。”

我去打听德弗洛夫人的房间号，留下爱玻继续和安德烈愉快地闲聊。总台服务员听到我的问题，指了指正在大堂对面翻阅时尚杂志，有三十几岁的苗条女人。谢过他之后，我走向那女人。“抱歉，请问是德弗洛夫人吗？”

她转过身微笑道：“是的。我们认识吗？”

“我还没有这个荣幸。我叫山姆·霍桑。”

“我叫菲思·德弗洛，你大概已经知道了。有什么能帮你的吗？”她放下杂志说道。

“我想问问特德·肖特的事情。听说你过去认识他。”

“过去认识？”

“很抱歉，我还以为你听说了。肖特先生今天早上被人发现，死在自己的小屋里。”

她猛转过身，从椅子里滑了下去。我及时抱住了她。

菲思·德弗洛醒过来之后，喝了口我点的白兰地，说：“请原谅我的失态。我好久没昏倒过了。”

“很抱歉，我的消息让你受到如此惊吓。”

她躺靠在大堂沙发上。刚刚的晕倒事件没有引起骚动，只有总台服务员看到她晕过去，而且我及时抱住了她。“说真的，我不该那么失态。他是我很久之前认识的人。怎么回事——是心脏病发作吗？”

“他胸口被刺了一刀。”

“你是说有人杀了他？”她苍白的面孔更加没有血色。

“有可能是自杀，不过还有疑点。你能跟我说说他的事吗，比方说，他为什么要在此处离群索居？”

“答案很简单。特德是个股票经纪。他赔光了钱，一蹶不振。要知道，他不光赔掉了自己的积蓄，还有几百个其他小投资人的钱。其中有些人为此责怪他。终于有一天，他无法面对这一切。所以，三年前他从波士顿搬过来，从此独居。”

“你也是委托他投资的散户之一吗？”我问道。

她露出悲伤的笑容：“不。我是他前妻。”

这次轮到我大吃一惊：“你们离婚了？”

菲思·德弗洛点点头：“我们离婚跟投资失败没关系。一九二九年年初，我遇到格伦·德弗洛，我们陷入了情网。几个月后，我告诉特德打算离婚。后来听说他的不幸，我也很难过。但我个人没有牵扯其中。”

“你这次来没和先生一起？”

“是啊。他是个建筑工程师，正忙着在旧金山建新金门大桥。有时候一出差就是几个月。我感到孤单，所以来这儿待一个礼拜。”

“你事先知道前夫住在此地吗？”

“我知道他住在附近。”

"你一到本地就给他打电话了？"

这时候，她的耐心明显快要耗尽了："你算什么，霍桑先生，所谓的侦探吗？你问这么多到底为什么？"

"我是个医生。不过，我对这类案子略有涉猎，所以想帮本地警方一把。"

"你说这类案子是什么意思？"

"就是案情奇怪的案子，甚至是不可能犯罪。肖特先生独自在小屋时被杀，小屋周围大雪覆盖，并且没有丝毫出入的足迹。也就是说，雪停之后，凶手不可能出入命案现场。然而，如果说是自杀的话，又找不到凶器。"

"警方怀疑我杀了他？"她问道。

"我想，到现在为止，恐怕他们连你的存在都还不知道。"

"霍桑医生，如果你能替我保密就太好了。我可以向你保证，对前夫的死一无所知。前几天我们共进了晚餐，仅此而已。"

看来问不出什么了。我谢过她的耐心，然后回了房，坐在窗边，回忆死者小屋的一切。小屋整个打通，阁楼权充卧室，有一小块厨房区，房间背后有个洗手间。房间里有一些书，大多是商业或者股票市场方面的。而且还有没吃完的早餐，这说明肖特很可能是天亮后才遇害的。我怀疑如果一个人打算自杀，还会不会费事吃早饭——不过，比这更怪的事都发生过，所以谁也说不准。

一直到晚餐过后我才再见到爱玻。她看起来容光焕发，比我见过的任何时候都要开心。

“你一整天都和安德烈在一起？”我随意问道，本想开个玩笑。

让我惊讶的是，她点了点头：“我真的很喜欢他，山姆。我们在他办公室吃了晚餐，就我们两人。”

“听起来你对他颇为认真嘛。”

她赶快改变了话题：“关于杀人案，你查出点什么了吗？”

“没什么。我在旅舍碰到一位女士，刚巧是死者的前妻。如果凶案发生时她刚好在场，那就有意思了。不过她发誓对此一无所知。”

“为什么有人会想杀掉在森林里离群索居的家伙？”

“我也不知道。在大萧条中他损失了一大笔钱，其中包括很多人委托他投资的款项。也许某个委托人跟踪到此，出于报复杀了他。”

“在五年之后？”

“过去发生过类似事件。有时候，人们对所谓错误行为的憎恨，会随着时间的流逝越来越深，直到愤怒得想杀人报仇。肖特可能就是为了躲避这样一个人，才隐居于此。”

我们在旅社外绕着圈子溜达着，从北山镇聊到当地居民。爱玻在提到北山镇时，语气中带着淡淡的乡愁，好像在回忆已经离开很久的故园。这番谈话让我困扰不已。回房后，我长久地坐在窗前，看着窗外的皑皑白雪和雪地上映照的点点灯火。

我发现一处灯光下有个人走了过去。那是格斯·拉克萨特，他举着枪，也许在追踪另外一只野山猫。

第二天一早，我去敲爱玻房门时，她已经不在房间了。我到楼下早餐，刻意避开坐在房间另外一头的菲思·德弗洛。

等我喝完咖啡之后，爱玻才出现。“抱歉我迟到了。”她有些讪讪地说道。

“没关系。我们是来度假的，没必要随时一起行动。吃过早餐了吗？”

“是的。”

“那出去散散步怎么样？”

“听起来不错。去哪儿？”

“我想再去看看肖特的小屋。”

“那得穿雪地鞋咯？”

“我猜佩特警长的手下来来往往，肯定已经踩出了一条路。我们去瞧瞧吧。”

我们顺着头天的路线，一路上只遇到一处厚厚的积雪。爱玻陷了进去，雪没到了她的腰部。我赶紧把她拉出来。一直到山坡最高处能够看到肖特小屋的地方，我们还在笑。

“小屋里好像有人，”我说，“门开着。”

结果是个穿着毛皮雪衣，满脸胡须的男人。电话公司派他来取掉墙上的电话。“我猜他用不着这部话机了。”他告诉我们说，

"我们不希望把公司的设备留在没人的空屋里。"

"你认识特德·肖特吗?"我问他。

"不怎么认识。"他边说边继续着手里的活儿,"上次来接新线路的时候见过他一次。"

"当时他一个人吗?"

"不——有个旅舍的人和他在一起。"

"安德烈·穆霍恩?"

"不,是在那边工作的一个短工,名字好像是拉克萨特。"

"格斯·拉克萨特。"我想了想,"你在附近看到过野山猫没有?"

"当然,时不时会看到。不过,大多数时候它们不惹事。"

他离开之后,爱玻和我仔细检查了小屋。屋内的情况和我昨天看到的差不多,只不过壁炉里的火熄灭了,屋内没有暖气。我站在发现尸体的椅子旁,四下查看着有没有什么漏掉的线索。"你有什么看法?"我问爱玻。

她咯咯笑了。我从没见过她这么轻松愉快。"你听起来就像歇洛克·福尔摩斯。好吧,听着。他是自杀的,用一把绑在橡皮带上的刀子。橡皮带是从汽车内胎上割下来的一段。当他放开刀子之后,长长的橡皮带把刀子弹到看不见的地方去了。"

"看不见的什么地方?"

爱玻抬起头,指着天花板:"穿过屋顶上的天窗飞出去了。"

这主意确实疯狂,但并非全无可能。我搬过来一张结实的桌子,又在上面放了把椅子,然后站了上去,手能够到天窗。天窗很容易就打开了，不过屋顶上的雪看起来没人动过。我在天窗四周摸索一番，没有发现隐藏的刀子。

我爬下来，说："上面没有。"

把家具放回原位之后，我看向烟囱，突然想起在一个故事中读到过，某起自杀案中，凶器被扔到了烟囱里。不过，烟囱里仍是一无所获。我试着重建昨天清早发生的场景，既是对爱玻，也是自言自语："也许天亮不久他就起了床，做好早餐。他可能是在早餐前或之后生起了壁炉。"

"也许是凶手生的火。"爱玻推测说，"想让尸体保持温暖，混淆死亡时间。"

我倒是忽略了这种可能性。"不过，我们还是不知道凶手是如何出入的。"我说。

"前天夜里，雪停之前。"

我摇摇头："你忘了早餐。"

"那也可能是凶手伪造的场景。"

"不过壁炉还燃着火。如果是凶手生的火，而且他在雪停之前就杀死肖特，并且离开了小屋，那等我们进来的时候，火肯定已经熄灭了。"

"我猜你说得对。"她承认。然后，她突然注意到门口地板上有什么东西，几乎被一个皱巴巴的地毯遮住了。"那是什么？"

那是一支细细的金色铅笔，笔身上刻着"G"和"D"两个字母。"这可能是条线索。"话是这么说，我心里不无怀疑。佩特警长的手下不太可能漏掉这么个大家伙。也许是哪位探员用它来画小屋地形图,丢在屋内了。我把铅笔收进口袋,四下看着。“爱玻,我看我们检查得差不多了。”

在回旅舍的路上,爱玻认真地对我说:“山姆,如果哪一天我离开你,另找一份工,你会怎么样?”

“我大概会关掉诊所,出家为僧。”

“不,我说真的。”

“爱玻,你为我工作了十三年。从一开业就陪着我。你不开心吗?还是需要加薪?”

“跟钱没关系。”

“我还以为你很开心。不过,过去的几天你肯定心情不错。”

“是的。”

“那么,到底是——”

“安德烈希望我留下来。”

我惊得目瞪口呆:“他为你提供了一份工作?”

“他想娶我。”

“爱玻!你打算和一位才认识两天的男人结婚?”

“不。”

我松了口气:“不过,你还真吓了我一跳。”

“不过,没准我想留下来多待一段时间,更深入地了解他。”

“他妻子去年死于车祸。他不过是寂寞而已。”

“我也是。”

“你说什么？”

“我三十九岁了，山姆。”

“我一直不知道你想——”

“我明白，你不知道。”她语气有些尖锐，“有时候，我认为你根本不把我当女人看。”

我不想继续这个话题。“反正我们还要待几天，”我说，“到时候看吧。”

晚餐过后，我来到菲思·德弗洛的桌边，和她一起喝点雪利酒。“我明天就要走了。”她说，“回波士顿。”

“你不打算参加肖特的葬礼？”

她摇摇头：“很多年了，他对我而言什么也不是。我这次来就是个错误。”

这时，我发现爱玻站在门口，朝屋里张望。看到我之后，她挥了挥手，走了过来。“怎么了？”我站起来迎接她说。

“能跟我来一下吗？安德烈认为他自己破解了谜题。我想让你听听。”

“乐意至极。”

菲思·德弗洛也站了起来：“我能一起去吗？”

我将她介绍给爱玻，然后我们一起前往安德烈的办公室。他正坐在书桌后面，看到德弗洛夫人略显吃惊，不过立刻为她搬了一把椅子。“很抱歉，德弗洛夫人，我不知道你是特德的前妻。关于他的死，我想出了一个符合事实的解释。爱玻认为霍桑医生愿意听听看。”

“请说吧。”她说道。

“凶手在小屋中将肖特谋杀，然后不留丝毫足迹地离开，屋外空地上只有山猫的脚印。对此，如果你有合理解释，”我说，“我当然有兴趣一听。”

安德烈点点头：“答案很简单，一句话就能概括。特德·肖特用一把冰刀自杀了，他死后不久，冰做的刀刃就被壁炉的热气融化。”

菲思·德弗洛和我都沉默着，爱玻立刻附和起来：“山姆，这就像你会提出的解释一样嘛！我敢肯定事实就是这样，没错。”

“爱玻——”我张开嘴说着，然后转过头直接对穆霍恩说，“你试过用尖锐的冰刃刺破肌肤吗？甚至在室外，也不像听起来那么容易。在室内、壁炉边，根本就不可能。事实上，不管冰刃有多锋利，一靠近热气立刻就会开始融化，边缘也不再锐利。”我转身对菲思说，“你前夫隐瞒自杀的真相，能得到什么好处吗？”

她摇摇头：“不能。我们离婚后，他就兑现了保险单。他搬到本地之后告诉我，说没人需要他的保险金了。”

“我坚持认为你的说法有道理，安德烈。”爱玻说。

“不，霍桑医生说得没错。”穆霍恩和气地说，“我想得不周全。我想自己不愿意接受，附近有杀人犯在逃的事实。”

当天晚些时候，我在旅舍的游戏室玩桌球时，爱玻找到我说：

“山姆,我想跟你谈谈。”

“好吧。去酒吧?”

“我宁可上楼回房间聊。”

我带她去了我的房间,放松地坐在椅子上,她却身体僵硬地坐在床边。“好吧,告诉我你在担心什么?”我说着,猜测她要说什么。

“你讨厌安德烈,是吗?自从我告诉你我们的事之后。”

“你错了,爱玻。”

“那是怎么回事?”

我一阵无力。接下来我打算说的话,是多年以来最难出口的一次。“我们必须面对现实。肖特并非自杀,而且肯定不是被野山猫所杀。雪停后,我们进入小屋前,没人从小屋中离开。窗户是锁好的,而且门上和屋顶上的雪没被破坏。”

“但是——”

“特德·肖特在我们进房间时还活着,也许在火炉边打盹儿。安德烈第一个走到他身边,弯腰摇动他的身体时,捅死了他。这是唯一可能的解释。我很抱歉,爱玻。——也许多年前,他也在肖特手里损失过不少金钱。”

“不!”她扑倒在床上,用拳头捶击着床面,抽泣着。我不知道该说什么。刚刚已经说得够多了。

当晚我辗转难眠,快天亮才睡着,突然又清醒过来。似乎在睡梦中,我脑子也没闲着。突然间,我想到了一些之前没有想到的可能性。我在床上躺了一段时间,看着天花板,最后终于爬起来,给佩特警长去了通电话。我告诉他打算干什么,但没告诉他为什么要这么干。

"警长,也许已经太迟了,但我希望你能和我去一趟肖特的小屋。就今天早上。"

"去干吗?"

"在自己更确定之前,我想先保密。"

"别告诉我你认为凶手会回到犯罪现场,这你也信?"

"差不多吧。"我承认说。

八点出头我和他碰了面。他听我的,把汽车停在了主路边。雪早停了,所以我们沿着被踩得乱七八糟的小路来到小屋前,没有留下新的脚印。一进门,我就建议我们躲到阁楼卧室去。

"你认为谁会来?"佩特问道。

"我想等等,看自己猜得对不对。之后有的是时间向你详细解释。"

不过几小时过去了,什么动静也没有,我能看出警长的耐心将要耗尽。"十点多了,霍桑医生。你知道,我忙着呢。"

"再给我一小时。如果到十一点还没动静,我们再——"

就在这时,楼下小屋的门开了。我碰了碰佩特的手臂,让他安静些。一个我从没见过的男人走进了小屋,在地板上找着什么。

“那是谁——”佩特探长小声说，但我捏了捏他的胳膊，然后绷直身体，跳下了阁楼卧室。

我落在正在找东西的男人身边，不到六英尺处，吓了他一跳。“你在找这个吗？”我举着昨天和爱玻一起发现的铅笔，问道。

他奇怪地看着我，然后伸出手说：“是的，就是它。”

“警长，”我大声叫道，“你最好下来！”

男人脸上露出一丝惊恐之色，我还以为他想跑，但他稳住了情绪：“到底是怎么回事？”

佩特在旁边，让我自信了不少。“你昨天早上戴着假胡子，装成电话公司的人来小屋时，把铅笔掉在这里了。在我们弄明白你是怎么样不落痕迹地出入小屋前，你必须把电话线拆除。警长，你应该逮捕这个凶手。他就是肖特先生前妻的现任丈夫，名叫格伦·德弗洛。”

在警长带走德弗洛之前，我不得不对他从头到尾详细解说一遍。回到常青树旅舍后，我把一切告诉了爱玻和安德烈。菲思·德弗洛对丈夫被捕一事惊讶不已，立刻到郡监狱去陪他。

“昨晚，我很抱歉。”我一开头就对爱玻说，“我脑子不对劲。”

“我们理解。”安德烈说。很显然，爱玻告诉了他一切。

“格伦·德弗洛是个建筑工程师，本该在旧金山为修建金门大桥忙活。很显然，他对妻子不信任，时不时溜回波士顿查看她。这次，他跟踪她来到本地，戴着伪装的大胡子，发现她和前夫共进晚餐。也许他们不只共进了晚餐。德弗洛装成电话公司的接线工来到肖特的小屋，接了几根细钢缆——用于修桥的那种钢缆。远远看去，和电话线或电线都差不多。因为它们很好地融入了环境，所以我们第一次靠近小屋时根本就没留意。而且，我们的注意力都被山猫的脚印吸引了。"

"你是说，"安德烈问道，"凶手踩在电话线上，进入小屋？"

"踩在钢缆上，"我纠正道，"另外还有一条钢缆权充扶手。对修桥的人而言，不算什么难事。等他爬上屋顶以后，再打开天窗，用另一根钢缆吊着进入小屋。肖特看到他也不会在意，因为之前德弗洛就装成电话接线工来过。德弗洛刺死肖特，再沿原路离开。他在屋顶上留下的脚印可以在离开时擦掉，而且当天风很大，让一切更加完美。"

爱玻问道："如果德弗洛之前就去过肖特的小屋，干吗不当时就杀了他？为什么要大费周折再去一次？"

"因为那次肖特不是一个人。格斯·拉克萨特和他在一起。德弗洛这么费周折，是希望人们以为肖特死于自杀。不过，他离开时太紧张，弄丢了铅笔。"

"不过，你是怎么想明白的，山姆？"爱玻继续问道，"就在昨晚，你还肯定杀人的是安德烈。"

"我记起，在我们进入小屋发现尸体时，阳光从天窗照了下来。天窗上的积雪不可能那么快融化，即便是有屋内的热气也不可能。记得吗，那个早上有多冷，天窗上为什么没有积雪？因为有人打开过。而且天窗不像窗户，没有从内锁死。实际上，很容易就能打开。我问自己，如果凶手是从天窗进来的，那他是怎么到屋顶上的？”

“线缆，那些被忽视但又必不可少的线缆。不过，电话线或电线能承受一个男人的重量吗？不，除非是特别的线缆，两头特别拉紧。然后，电话接线工在死者死亡后不到二十四小时就出现了，要移走话机，我怎么能不怀疑？”

“之后，还有铅笔的事。铅笔上刻着大写的‘G’和‘D’，很可能就是格伦·德弗洛[①]的首字母。铅笔不可能是行凶的时候落下的，不然警方会发现。如果不是佩特警长或他哪个手下的东西，那肯定就是电话工的。如果电话工是格伦·德弗洛伪装的，那一切都说得过去了，连动机都不缺乏。我猜他今天早上会回到现场，寻找丢失的铅笔。”

说完后，安德烈站起来，握着我的手说：“爱玻和我，我们很感谢你。”

爱玻吻了吻我的面颊：“请原谅我昨晚不当的举止。”

“如果两位不介意的话，”我看看表说，“我打算今天就回去。你们有什么打算？”

“山姆，我打算待满这个礼拜，然后我会回去一趟，帮你把继任护士培训好。我们一起工作了这么多年，至少我应该给你一个月的时间，找到接替我的护士。”

① Glen Deveroux，首字母为 G 和 D。

★　　★　　★

“爱玻和安德烈于那一年春天结了婚。当然,我很不愿意爱玻离去。他们很幸福,婚姻美满,我则当了他们孩子的教父。不过,为爱玻找接替者的事情,可没那么顺利。这些事情就留待下回再分解吧。”

36

避雷室谜案

“请进！”老山姆·霍桑对午后访客的热情一如既往，“来，坐这儿！我去给咱们倒上两杯喝的。今天讲点什么好呢？噢，当然——那是一九三五年夏天发生的故事，当时，爱玻护士刚好离职去结婚……”

* * *

自一九二二年到北山镇开诊所行医以来，我只用过爱玻这么一个护士。当她在缅因州遇到真命天子，打算嫁给他时，我真是大受打击。然而，我不能自私地阻碍她的幸福。爱玻打算结婚，是一月底的事。她答应干完二月份，在此期间把继任者训练好。不过，在北山镇这种地方，要找到她这样的好手，真是说来容易做来难。三月一日那天是星期五，本该是她工作的最后一天，我劝她再帮我一个礼拜。

“山姆，”她叹息道，“我得回缅因州去，准备婚礼事宜。复活节[1]一过,婚礼就要举行了。”

“你有的是时间,爱玻。你余生都会是安德烈·穆霍恩夫人。”

“听起来挺不错,不是吗?”

“我只能说,过去的一个月,你比我见过的任何时候都要快活。再帮我一个礼拜,我一定能找到替你的人。”

也许正是因为这种大限将至的压力,第二个礼拜一上午,蓝思警长顺路来访时,我才那么饥不择食。

“你还在找人替爱玻吗,医生?”

“当然,警长。你能推荐一位吗?”

“说起来,昨天在县界公路上发生了件趣事。我手下的副警长碰到一位开着黄色杜森博格[2]豪华轿车的年轻女士。车子在弯道上跑偏了,陷到沟里。总之,她要在镇上酒店住一阵子,等车修好。今天早上她还问我能不能介绍个工作给她,好赚钱付修车费。”

“开得起杜森博格的女士怎么会没钱修车。”我说,“而且,我要找个能像爱玻那样一干就是十三年的人,而不是什么临时打工的货色。”

---

① Easter,是基督教纪念耶稣复活的一个宗教节日。每年春分过去,第一次月圆后的第一个星期日就是复活节。日期不固定,一般在3月22日至4月25日之间。复活节的传统包括彩蛋、兔子,等等。

② Duesenberg,20世纪20年代至40年代著名的豪华车品牌,尤其是旗下的J型豪华车更是负有盛名。“二战”后品牌衰落。至今杜森博格旧车仍是老爷车中的上佳品。

“女士说她很喜欢北山镇，如果能找到合适的工作，打算在本镇待下去。她过去在斯坦福市一个牙医手下干过。为牙医干活儿和为普通医生工作差不多，对吗？”

“是有共通点。”我承认说。

“那好，我把她的名字给你。你知道，她刚好接替爱玻，因为她叫梅[1]。”

我哑然失笑。“好吧，警长，我和她谈谈。”我说。

一直到中午蓝思警长都没有再回来。我出去吃午餐时特意绕道，去了趟雷克斯的修车厂。我这辈子就喜欢豪华车，如果镇上来了辆黄色的杜森博格，我可不想错过。

我进入修车厂时，雷克斯正亲自忙活着，把前挡泥板上最后一个凹坑敲回原状。“了不得的车子，对吧，医生？”

“没错。”我围着车转着圈，欣赏着车身上佳的工艺。

正当我抬起发动机盖，打算看看发动机时，一位年轻女士从街上走了进来。“你想对我的车子怎么样？”她尖声道。

“没关系，小姐。”雷克斯·斯特普尔顿擦着手上的油污，安抚她道，“这位是山姆·霍桑，北山镇最好的医生。他就喜欢像你这种豪华车。”

“我叫梅·罗素，”她堆起笑脸，走上前来跟我握手，“警长说我该找你聊聊。”这姑娘个子颇矮，走起路来蹦蹦跳跳，满头金发

① 爱玻（April）在英文中是四月的意思，梅（May）是五月的意思，所以警长一语双关地开玩笑。

乱晃。她穿着灰色毛衣和相配的灰色百褶裙，年纪有二十五六岁，比爱玻要小上十好几岁。

“我正在欣赏你的汽车。杜森博格豪华车，真是不得了。”

“谢谢你。我只盼着这位斯特普尔顿先生能让它再跑起来。”

“修好了，跟新的一样。”雷克斯保证道，他重重拍了拍车门，以示所言不虚，“这是账单。车子撞得不算厉害。”

我看着她用两张崭新的二十美元钞票付了款。然后，我问道：“你想谈谈应聘的事吗？”

“当然——上车，我送你回诊所。”

我求之不得，赶快上了车。车子驶离修车厂后向右转，来到主街上。我有种错觉，镇上所有人都在对我们行注目礼。

“罗素小姐，你怎么想到在北山镇常住？”

“为了逃避。”

“哦？”

“从波士顿开得飞快的汽车和快节奏生活中逃开。我本以为斯坦福是个不错的选择，但它离纽约太近了。我希望能放缓脚步。”

“这车是你父母给的吗？”

她视线转到一边，点点头：“是我在拉德克利夫学院[1]读大二时送的。我五年前大学毕业。——斯特普尔顿先生说你喜欢豪华汽车。你自己的车是哪种？”

---

① Radcliffe College，女子文科学院，著名的女子常青藤——七姐妹女子学院之一。1963 年起和哈佛大学授联合学位，1999 年正式并入哈佛大学。

“红色的梅塞德斯 500K 系列敞篷车。”

“很不错嘛！”

“到了诊所你就能看到。”

“我没走错路吧？”

“下一个路口左转。诊所就在圣徒纪念医院的门诊那边。”

“你是外科医生？”

“没那么厉害。就是个普通的全科医生而已。”

她熟练地摆弄着方向盘，毫不犹豫地转过弯：“还远吗？”

“不远了。离镇上不到一英里。你的驾驶技术不错嘛，怎么会掉到沟里？”

“一不小心走神了。”她说，“事故中我丢了一部分衣服。看来得再买几件。”

“蓝思警长说你为牙医工作过……”

“没错。在斯坦福的时候，我试着靠自己独立生活。”

“结果呢？”

“牙医夫人是个醋坛子。”仿佛一转念，她又问道，“你结婚了没有？”

我不由得笑起来：“不，还没有。”

汽车驶上医院车道，我指点她停在我的梅塞德斯旁边：“你刚刚是走路到镇上去的吗？”

“当然。如果天气允许，我几乎每天都要徒步来回。对我来说，这是最好的锻炼。”

对我崭新的梅塞德斯，她大为赞赏。我答应什么时候让她搭个车。然后，我带她到诊所去找爱玻。

“梅，这位是爱玻——马上要成为爱玻·穆霍恩夫人。”

“你好，梅。”爱玻冲她笑了笑，拿两人的名字开了几个玩笑，然后就开始指点诊所内的工作，明显指望这就是她的继任者。我决定请下梅·罗素。

最初的几天过去了，我很快摸清了梅的长处和短处。我给斯坦福的牙医去了通电话，牙医不太情愿地提供了推荐信。我立刻了解到，梅很聪明，工作也认真，对所有病患都亲切可人。她仿佛天生就适合干这行，熟练地保管好病历和账单、安排病人排号就诊，甚至能替我的出诊找出最佳路线。当然，在护士专业方面她不如爱玻熟练。有时候我真希望出诊时她能多帮些忙。不过，她愿意学习。这是最重要的。

这个礼拜五是爱玻最后一天上班，我请两位女士外出午餐，地点就选在雷克斯·斯特普尔顿修车厂对面，一家不错的小餐馆。雷克斯是这里的老主顾了，这天也如常出现，刚好路过我们的餐台。“杜森博格跑得怎么样？”他问梅说。

“还不赖，谢谢。”

“我听说你在这位大夫手下工作，”雷克斯·斯特普尔顿对梅说，“他是个好老板吗？”

“是最好的那种。”梅对我和爱玻微笑道。

午饭后，她先离开了。我和爱玻得以独处片刻。“听我说，她永远也不能取代你。”我真诚地对爱玻说道。

“山姆，给她个机会，她会胜任的。”

“有什么需要我特别注意的吗？”

“工作上当然没什么。”爱玻略一犹豫，又说，“她好像有点怕打雷，但我觉得没事……”

“怕打雷？”

“还记得礼拜三下午，你去巡视住院病患时，那阵可怕的电闪雷鸣吗？”

“是挺可怕。才三月，居然有那种雷电。”

“只持续了几分钟，却把她吓坏了。她趴在书桌上，说过去家里有间避雷室。暴风雨时，父母总把她和她弟弟拽进去，吓得他们魂飞魄散。”

我知道不少古老的新英格兰住宅都有避雷室，甚至北山镇的不少住宅都有。避雷室通常没有窗户，在雷雨时供全家避难用。我一直觉得这玩意儿比雷雨本身更可怕。梅的反应部分证明了我的观点。“还好，附近不怎么打雷下雨。”我说。

爱玻把手伸过桌面，握住我的手说：“我会想你的，山姆。你是女人梦想中的好老板。”

“祝你幸福快乐。你和安德烈定好日子没？”

“复活节一过就行礼。我希望四月二十七号能行，今年的复活节太晚了。日子定了我们会通知你。你会来的，对吗？”

“当然，没什么能阻挡我的脚步。”

这个月余下的日子还算平静。我和梅每天就是看看病人，出出诊，发发账单。爱玻以前不爱跟我出门应诊，换到梅，我倒是每周至少把她拽出去两次。一方面我喜欢有她做伴。更重要的是，这样一来，病人们会更熟悉、更信任她。碰到紧急情况病人来电时，她就能发挥更大作用。

三月底，我们到贝雷街的老福斯特家出诊。三月以来，天气暖得非同寻常，整个月的雷雨都是断断续续。我们去老福斯特家这天，也是个明媚的春日。一路上，可以看到有些农夫已经在田里忙活了。汉克·福斯特没下地，因为膝盖的严重伤势，他几乎整个冬天都在卧床休息。

汉克的妻子布鲁娜个子颇高，不苟言笑。邻里都知道田里的活儿大部分都是她在干。她替我们开了门，跟我打了打招呼，冲梅略微点点头，带我们进入客厅。

"霍桑医生，希望你能尽快让他站起来。要不然，我只能把儿子从春野市叫回来帮忙春耕了。"

我检查着汉克·福斯特的膝盖，将之弯曲了几次："感觉怎么样？"

"比上次好，大夫。我好得差不多了。"

"你们家老房子真不错。"我做完检查后，梅对布鲁娜·福斯特寒暄说。

福斯特夫人沉吟片刻，突然随和起来："你想参观一下吗？"

"乐意至极。"

两位女士去厨房和二楼转悠,我在楼下陪着病人。我能听到她们在我头顶的动静。突然,二楼传来一声重击声。“怎么回事?”汉克想从椅子上站起来,问道。

“我去看看。”我跑到楼梯口,叫道,“一切都还好吗?”

“不,”布鲁娜大声回答道,“你这位新来的护士昏倒了。”

我跑上楼去,发现梅倒在一个没窗户、光线昏暗的房间门口。她已经开始苏醒,让我松了口气。我掏出嗅盐让她吸了几口,很快,她坐了起来。

“发生什么事了,梅?”

“我不知道。我——我还以为是那个房间。”

“这间是避雷室。”布鲁娜解释道,“很显然,房子原先的主人怕雷电,遇到大雷雨就会躲进来。汉克和我有时候也用用。”

“它让我回忆起童年的片段。”梅解释道,“让你们见笑了。”她昇悠着站了起来。我扶着她下了楼。

“我还真不是个好护士!”她自责地摇摇头说。

“谁都有这种时候。”我安抚她说。

下个礼拜一是愚人节。但对蓝思警长来说,这一天可不轻松。我顺路去监狱时,他正在每月例行地清理铁路附近抓来的流浪汉。这批流浪汉总共有六个人,其中有个大块头黑人,还有个满头金色长发、满脸胡须的小个子。

“这批人已经关了四个礼拜。”警长对我说,“在这儿找不到工作。我也不能继续关着他们,只好赶出镇子了事,让别人去操心吧。华盛顿的那帮滑头们最好赶快找到办法，对付目前的大萧条。”①

大部分人都静静地离开了，迫切想要恢复自由身。然而金发小个子男人不依不饶，要警长把他被捕时带着的行李箱还给他。蓝思警长在财物保存室找出来，打发他上了路。

“到处都有社工，他们总该能找到点活计吧？”我问道。

“他们可不想干活儿，就想四处游荡，不劳而获。那个大块头，看起来力气有三个普通人那么大，但人家就是不想用力气讨生活。”警长回到写字台前，“至少我把监舍腾空了，可以关下一拨人。好了，我能帮你干点什么，大夫？”

“几天前我去了趟福斯特家。回来的路上，我看到老贝利家的地里有几辆破破烂烂的汽车。你知道是怎么回事吗？”

蓝思警长用拳头在桌面上重重一击：“还在呢？雷克斯·斯特普尔顿几个月前租了那块地。老贝利一准儿以为他想用来耕种。没想到会拿来停放破车。他说某些零件可能还有用。早就跟他说过，放在那儿太碍眼了，赶紧给我弄走。我马上传他来一趟。”

“我就想让你知道而已。”

“多谢你，大夫——新来的护士干得怎么样？”

“梅干得不错。她不能取代爱玻，但很有意思，某种程度上说，

① 本故事发生于1935年，当时的美国总统罗斯福施行新政，抗击萧条，逐步收到成效。从1935年开始，美国几乎所有的经济指标都稳步回升。

我觉得跟她更亲近。虽然在护士专业上比不上爱玻，但她更亲切。”

“爱玻的婚礼是哪天？”

“三周后的礼拜六。我打算去缅因州一趟，参加她的婚礼。”

“请替我转致最诚挚的祝福，大夫。我一直很喜欢她。”

之后，我回到诊所。早春的疾病潮如常来袭。回到诊所，我发现求诊的电话已经不少。梅接了三个电话。两个感冒的病患，另外则是一个女人来电说儿子出了疹子。他已经出过麻疹了，所以我估计是水痘。但我还是答应亲自去一趟。

“总有一天，医生们可以安安生生地待在诊所里，让病人跑上门来。”我收拾东西准备出发，梅在一旁说道。

“那真是医学界悲惨的一天。”我说，“有些人根本买不起汽车。你让他们怎么上门看病？”

礼拜四这天，雷雨突如其来，正如上个月那场暴风雨一样。这也是我第一次亲眼目睹雷雨给梅·罗素带来的惊吓。她这周一直心神不宁，仿佛知道会有暴雨将至。第一声响雷刚刚划破天空，她就吓得抱住了头。

诊所里就我们俩，没别人。

“得了，梅，”我对她说，“还有我呢。别怕。”

就在这时，一阵闪电划过天际，紧跟着一阵雷鸣，比上一阵雷声更近。“你不知道。”她呻吟道。

“不知道什么？”

她没有回答，整个人好像都陷入了恍惚。“进去躺会儿。”我扶着她进入里间诊室，去检查病床上躺下。她静静地躺着，我走开，让她单独待会儿。

十五分钟后，三点钟左右，雷雨终于过去了。远处仍隐约听得到闷雷声，越来越远。我发现梅坐在床边。

“对不起，山姆医生。我还以为自己会好起来。但每次雷声一响起，我脑子就乱成一团。”

“睡着了吗？”

“好像睡着了几分钟。我做了个梦，噩梦——大锤子，人们被杀死。”

“现在没事了。”我安慰她说。

“希望如此。”她从床上滑下来，回到外间诊室。在那一瞬间，她看起来不像个开黄色杜森博格豪车的自信女人，反而像个被吓坏的孩子。

“你想过去看看专业人士吗？”我建议道，“我自己倒是不怎么相信弗洛伊德那套理论，但如今很多医生颇有一套。”

“你认为我疯了？”她悄声问道，默默地等我回答。

“当然不是。不管是什么在困扰你，我们都要从根本上解决它。”我说。

就在这时，预约了三点钟的病人到了。因为雷雨的缘故，他晚了几分钟。我问梅要不要请假先回去，她坚持要守在岗位上。

一个多小时后，蓝思警长来到诊所，表情严肃，一看就知道大事不妙。梅肯定也看出来了。“有人被杀了，大夫。”他开门见山地说。

“什么？谁被杀了？”

“汉克·福斯特。一小时之前，在自己家里被杀了。有人趁着雷雨闯进房里，凶器是一把锤子。”

“我的上帝啊！”我看看梅，想起她的梦境，“布鲁娜呢？她怎么样？”

“她肩膀挨了一家伙，只有点淤伤。昆因医生正和她在一起。”

“昆因医生？但布鲁娜是我的病人！”

“在那种情况下，大夫，我觉得还是找其他医生为妙。”

“什么情况？”

警长痛苦地将视线从我身上转向梅：“布鲁娜发誓说，闯进她家，杀掉她丈夫的人就是梅。”

很奇怪，我的第一反应是松了口气。这不可能，不可能是梅。我能轻松证明，因此毫不担心。“真是难以置信，”我对警长说，“雷雨期间，梅一直和我待在诊所里。”

“布鲁娜说她很肯定，大夫。汉克被杀时，她就在几英寸远的地方。”

梅的脸庞刷地变白。“在哪儿？”她勉强问道，“是在避雷室吗？”

“没错。”蓝思警长小心翼翼地盯着她，“你现在记起发生的事了吗？”

“不，当然没有。我根本不在那儿。凶杀案和我没关系。”

“那你怎么知道案件发生在避雷室？”

“你自己说凶案发生在雷雨期间。我跟山姆医生出诊的时候，看到过他们家的避雷室。我猜他们当时肯定躲在里面，躲避雷电。”

“梅很怕雷雨。”我解释道。然后，我把雷雨期间发生的一切都告诉警长，向他保证梅不可能有足够的时间溜出去，犯下杀人案。

“不过大夫，她足有十五分钟不在你视线范围内。你自己刚刚告诉我的。”

“最多十五分钟，就在三点钟以前。凶案发生的时间是？”

“也就在那会儿，暴风雨最大的时候。”

“好吧，梅在检查室里最多休息了十五分钟。你难道想说，她在这么短的时间内，从窗户爬出去，开着自己的车跑到福斯特家，杀了汉克·福斯特，再一路开回来，又从窗户爬进来？雨势那么大，她单程就要花上至少十五分钟。而且，你也看得到，她衣服完全是干的。”

“大夫，她在检查室里不是待了二十或二十五分钟吗？”

“不可能！三点钟的病人晚到了几分钟。他到的时候，梅已经在自己的办公桌前坐好了。”

蓝思警长显得坐立不安：“好吧，其实我根本就不信布鲁娜·福斯特，不过你也知道，我必须调查调查。”

“如果可以，我想和她谈谈。我跟你一样，急着找出真相。”

“她现在还惊魂未定。昆因医生认为——”

"我才是她的医生，警长。"

看得出来，警长在职责和友情间挣扎为难，也许正在后悔干吗不一开始就打电话给我。"好吧，跟我来。"他说。

出发前，我对梅说："别担心，没人真觉得凶案和你有牵连。"

"谢谢你，山姆医生。"

结果，昆因医生已经把布鲁娜带来圣徒纪念医院照X光了。我们在离诊所不到一百码的观察室找到了她，披着毯子坐着，昆因医生正在看她的X光片。"你好，山姆。"医生说，"我不是有意插手你的病例，不过警长打电话来，说——"

"没关系，我理解。"我转向布鲁娜，"汉克的事，我很遗憾。"

"是她——你的护士，梅·罗素！是她杀了汉克！"

"冷静点。"我站在昆因医生背后，看着X光片，"骨折了？"

"没有。正如我怀疑的那样，只是皮外伤。她想保护丈夫，挨了一锤。"

"梅还想杀了我。"那女人坚持说。

我坐在她旁边，说："告诉我发生的一切，布鲁娜。'

不愉快的回忆让她面色一沉："差二十分钟三点，就开始下雷雨了。现在几点了？"

"快五点。"

"才两小时！似乎过了一天。"

她没再说话。我催促道："雷雨——"

"是的。暴风雨从西边过来，雨势很大。汉克和我其实不害怕，但我们还是按惯例去了避雷室。避雷室里没有窗户，关上门之后就听不到雷声了。过了几分钟，楼下传来一阵动静——汉克说像是前门砰地被关上了。”

“前门没锁？”

“上帝啊，当然没有！这附近，有谁大白天还上锁？”

“请继续。”

“又过了一两分钟，一阵剧烈的雷声响起。我们隔着门都能听见。汉克怕闪电把谷仓引着了，打开门想出去看看。他刚一开门，就发现梅·罗素拿着一把锤子，站在门口，眼神疯狂！她头发是直的，被雨湿透，全身也像是被水泡过一样。从头到尾，她没说一个字。”

“她穿着什么衣服？”

“绿色连衣裙配黑腰带，外面罩着一件黑外套，但雨还是把她淋透了。”

我转过身，面对蓝思警长：“满意了吗，警长？梅今天穿的是蓝色毛衣、黑色裙子。我从没见她穿过绿色连衣裙。而且，你也看到了——她全身上下都是干的。”

“就是她！”布鲁娜坚持道，“她用锤子敲了汉克的头两下。我想把锤子抢过来，她又冲我攻击。我一闪，肩膀挨了一家伙。就是她！”

“会不会是其他人装成梅的样子，比方说戴了顶假发？”

她摇摇头：“她攻击我时，我抓住了她的头发，不是假发。”

“然后呢？”

“我摔到地上，心想她肯定要再冲我挥动锤子——像杀死汉克一样，也杀死我。但暴风雨突然过去了，她好像立刻改变了主意，逃出避雷室，冲到楼下。我听到前门猛地关上。然后，我挣扎着给警长去了电话。”

“你听到汽车开动的声音了吗？”

“没有。”

昆因医生继续着他的检查，我把蓝思警长拉到一边。

“你怎么看？”他问道，“听起来她说的是实话。”

“不过这不可能，警长！她要么搞错了，要么睁着眼睛说瞎话。没有第三种可能性。”

“我们怎么调查？”

我考虑了片刻：“我们得找些相似的姑娘回来，就像城里的警察一样，让布鲁娜来认人。布鲁娜只在家里见过梅一次，可能把其他人错认成她。我去找些金发的护士回来，让梅也换上白大褂，混在里头。然后我让她们一一从门口走过，看布鲁娜能不能认出梅来。”

“我觉得这办法可行。”蓝思警长附和道。

我很肯定，这么一来问题肯定能解决。护士们都很愿意合作，纷纷换上一样的白大褂。然后我找到梅，把来龙去脉告诉她。我先让护士们一个一个从门口走过，布鲁娜·福斯特在房里看着。最后，我让梅走了过去。

“就是她！”布鲁娜伸出颤抖的手指，惊叫道，“就是她杀了我的汉克！”

那天晚上，我开着车跟在梅后面，送她回到大药房楼上，租住的公寓。到了之后，我上楼和她聊了聊。

“那女人在撒谎，”我说，“就这么简单。”

“才没有这么简单！她为什么要编造这种故事？如果是她杀了自己的丈夫，大可以说闯入者是个不认识的流浪汉。为什么咬住我？”

“我也不知道。”

“被雷声吓坏时，我确实失去几分钟意识。也许我在无意识中，真跑去那儿，杀了那个可怜的人？”

“你真认为你能在十五分钟内换两次衣服，开车跑个来回，甚至还弄干了头发？”

“我不知道，没准儿我是飞过去的！——我告诉过你，梦见了锤子。”

“没错。”我一直不想回忆起她提到的这个梦。我不相信超自然现象，也不相信有人不用飞机就能飞起来。

“如果她说的是实话，还有其他解释吗？”

“我不知道。你有没有双胞胎姐妹？”

“没有。”她微微笑了笑，“想象不出世上有两个我，你呢？”

她坚持要我留下来吃晚餐，我恭敬不如从命。她厨艺不错。我们一边喝着鸡尾酒，她一边炖着猪排。我可没想到在北山镇能受到这种招待。

刚吃完晚餐，蓝思警长就来了。看到我也在，他似乎颇为沮丧：

“上帝啊，大夫，我很抱歉。”

我注意到梅脸上流露出的恐惧。

“抱歉什么？”

“我不得不逮捕你，梅。我们找到了第二个证人，证词和布鲁娜吻合。”

“什么？”

“暴风雨来的时候，雷克斯·斯特普尔顿正在福斯特家附近那块地里，要把那些破旧的汽车移走。他说就在三点钟之前，雨势变小之后，看到你从福斯特家跑出来。梅，他还说你手里拿着一把锤子。”

她控制不住面部表情，转过身去背对我们，双手撑在餐桌上。“这不是真的。”她说，“我没有杀他，我没有。”

“当然你没有，”我对她说，“警长——”

“很抱歉，大夫。你提供的不在场证明确实很有力，但现在有两个人坚称在案发现场看到她。我不得不扣留她，至少今晚。”

“我要去找斯特普尔顿。”

斯特普尔顿还在修车厂加班。他正在修理一辆最新款奥兹莫比尔汽车的发动机，抬起头来，说：“你好，大夫。等我一分钟。”

“雷克斯，你干吗要撒谎，说今天在福斯特家附近看到了梅·罗素？”

“啊？我没撒谎。她是在那儿。”他站起身来，“我真的很抱歉，大夫。一听到发生了凶案，我立刻去找了警长。”

“凶案发生时，她正和我在一起，不可能同时出现在案发现场。没人能同时出现在两个不同的地方。”

“这我不知道，大夫。我只知道自己亲眼看到了什么。我听到门砰的一响，朝福斯特家的房子一看，就看到她从门廊跑出来，手里还拿着什么东西。我看得清清楚楚，是一把锤子。”

“她朝哪儿跑了？”

“屋子后面，她穿过田野跑向蛇溪边，消失在树林里。当时我就觉得很奇怪。后来回到镇上，才听说发生了凶案。”

“你不会是看错了吧？”

“该死，就是她，大夫——”

那天晚上，我睡不安稳，老想着不可能的犯罪，脑子里冒出各种可能的解释。快到早上的时候，我甚至想象出雷克斯·斯特普尔顿和布鲁娜之间关系暧昧。情夫杀了可怜的丈夫，然后奸夫淫妇一起撒谎。不过，即便这是事实，也还有同样的难解之谜——他们干吗非要陷害梅，最不可能杀人的人？

一大早我就到了诊所，无精打采地磨到九点。我期待梅随时出现，转念一想才记起，她在监狱里。

万一布鲁娜和雷克斯没有撒谎怎么办？

如果梅没对我坦白一切呢？

我往剑桥的拉德克利夫学院注册办公室打了个电话。电话一接通，一个女人接起来之后，我马上自我介绍，然后问起梅·罗素的情况。“她大概于一九三〇年从贵校毕业。”我说。

“没错，医生，我记得梅。非常迷人的年轻女士。”

“她有双胞胎姐妹吗？”

“没有，这我敢肯定。她是家族里唯一就读敝校的人。成绩非常突出。”

“你知道她家里的地址吗？我得找她父母谈谈，这很重要。”

“她父母？你不知道吗？她读大二的时候，父母双双遇害身亡。”

“什么？”我感到一阵晕眩，赶紧抓住办公桌，“你说什么？”

“她父母双双死于谋杀。有人闯进屋里，用锤子杀死夫妻二人。凶手一直没抓到。”

我深吸口气，问道：“梅有嫌疑吗？”

“哦，不。案发时她在学校宿舍里。”

我谢过女人的帮助后，挂了电话。接下来就该通知警长，让他查查这桩旧案的具体情况。不过无须调查我也知道，梅的父母是在暴风雨期间，死在自家的避雷室里。

类似的事情怎么会两次发生在同一个人身上？难道梅具有某种分裂的人格，可以同时出现在不同的地方？不管答案是什么，我必须见她。我打算用刚刚得知的信息质问她，逼迫她对我坦白。

我开车到监狱，匆匆进入警长办公室。“我必须见见梅。”我说。

“太迟了，大夫。今天一大早，不知从哪里冒出来个律师，把她带走了。我别无选择。在案件提交本郡大陪审团[1]审议前，我不能扣押她。”

“一个律师？她去哪儿了？”

“我猜回她租的公寓去了吧。她没给你打电话？”

“来吧，警长，我们一起去找她。”

“怎么了？”

“路上我再告诉你。开我的车好了。”

我开着梅塞德斯行驶在主街上，把打电话给拉德克利夫学院之事原原本本告诉了警长。我有种感觉，大事不妙了。这种不妙感不仅仅因为天空中异常的光线，预示着今天晚些时候也许又有一场暴风雨。更重要的是，我感到局势紧迫，但又说不上来为什么。就在这时，梅公寓楼下的药店出现在眼前。我一眼就看到街角那辆熟悉的黄色杜森博格汽车，如同困兽脱笼一般飞奔而去。开车的人是梅，她惊讶地回头看了看我们，然后重重地踩下油门。

“坐稳了，警长！”我高声叫道。

“她打算去哪儿？”

“追上去就知道了。”

杜森博格沿着主街飞奔着，越开越快。我紧紧跟在后面，越追越近。当我们来到镇外的郡道后，我发现自己有机会追上去，

① Grand jury，又叫起诉陪审团，和法庭上6至12人组成的审判陪审团区别。大陪审团人数一般为13至25人，负责听取检察官的报告，审查检察官提出的证据，决定是否应当对被告进行起诉。

和她并排行驶。不过，就在此时，她突然转过头看着我，眼神疯狂，然后猛地向左一打方向盘。

“她疯了。”蓝思警长叫道，“她想撞我们。”

确实如此。梅塞德斯车身猛地一震，耳边响起一阵尖锐的金属擦剐声。我知道她成功了。梅塞德斯猛烈地抖动着，差点儿掉到路基下面去。我加快车速，想绕到前面去，挡住她的去路。结果证明，这个决定是错误的。杜森博格车头重重地撞上梅塞德斯车身一侧，差点把我们撞翻。梅把车子倒退了五十英尺，我以为她要绕过我们继续前进。还是警长首先发现她的真实意图。“大夫，她打算杀了我们！”

杜森博格汽车朝我们直冲过来，速度越来越快。我想跑，但被困在撞坏的车里，眼前女人疯狂的面庞越冲越近，我还以为这将是自己一生最后看到的画面。

说时迟那时快，监思警长举起左轮手枪开了一枪。在子弹的冲击力下，杜森博格的挡风玻璃被击得粉碎。

汽车失去控制时，我听到一阵恐惧的尖叫。她的车子从我身旁险险地擦过，碰到梅塞德斯的后挡泥板，然后一头撞上了一棵树。

我和警长一起向撞毁的汽车跑去。警长手里还举着枪，但很明显，其实大可不必。车内血流满地，我试图找到她的心跳声，但失败了。

“这就是你要找的凶手，警长。”我对他说，“不过，看来不需要审判了。”

“结果凶手还是梅·罗素！不过，到底是怎么回事啊，大夫？她是怎么办到的？”

“不是梅·罗素，”我纠正他说，“这是她的双胞胎兄弟。过去的一个月内，你在毫不知情时，一直关押着他。”

我们回到梅的公寓，找到了她。她嘴被塞着，整个人被绑在床上。我们一放开她，她马上问我：“马丁在哪儿？”

“他是你的双胞胎兄弟？”

她点点头：“我早该告诉你他的事。”

我们把发生的一切告诉她。她不禁哭出声来，但哭得不算凶。

“是他杀死了你们的父母，对吗？”

她点点头，擦了擦眼睛：“直到汉克·福斯特被杀，我才敢肯定。案件细节太相似了，不可能是巧合。正因如此我才那么沮丧。当他从监狱放出来后，跑来找过我。我恰好跟他说起在福斯特家的避雷室晕倒的事。说我是因为想起父母被杀，才失控地昏过去。昨天暴风雨来袭时，他跑到福斯特家，犯下了和过去一模一样的案件。那时候我就全明白了。”

“他穿的是你的衣服。”

“我不明白这是为什么，”她摇摇头，“现在我才知道，他病得厉害。”

“他怎么会被我关进监狱？”蓝思警长问道。

梅叹了口气：“一个月前发生车祸时，我和马丁都在车上。那天他突然发了疯，想跟我抢方向盘，所以我才开到沟里——”

“你说当时分了心，”我指出，“但一直没进一步说明。你还说在事故中丢了一部分衣物。我当时就觉得奇怪,又没烧起火来,车子也没怎么受损。在这种情况下,你的衣服怎么会丢?除非是被人偷了。"

她点点头:"我们冲进沟里之后,他抢过我的一个行李箱,逃进树林里去了。箱子里有几件他的衬衣,但大部分是我的衣服。我猜他逃跑是怕我生气,怕我因为车祸对他发脾气。而且,我确实很气——那全是他的错。"

听到这儿,我替她接着说道:"梅说自己没有双胞胎姐妹,但从没说过兄弟的事情。我知道她有个兄弟,因为她告诉过爱玻。今天上午在汽车追逐战中,我发现梅居然对她的宝贝汽车毫不爱惜,直接朝我们撞过来。那时我才明白,她不是梅。要么是她的另一个人格,要么是另外一个人。如果是另一个人格,不能解释为什么同一时间,她可以出现在不同地方。因此,唯一可能的解释是,那是另一个人。不管是梅,还是拉德克利夫的女人,都说过梅没有双胞胎姐妹,但兄弟呢?会不会是双胞胎兄弟?"

蓝思警长打了个响指:"我想起来了。他就是你到我办公室那天,被我释放的那个流浪汉!"

"没错。当时他还留着胡子,所以我没看出来和梅长相一样。你当初抓他,多半就是因为一头长发和乱蓬蓬的胡须。"

"他一看就是个流浪汉,不是这附近的人。"

"他还带着行李箱。关押四周后,你释放他时,不得不去财物保存室翻出来。在我看来,没几个流浪汉有拉杆箱吧。"

"被释放后,他来找我。"梅说,"我还以为他早离开了。我问起行李箱，他说弄丢了。山姆医生，你可能注意到了，见到他后，我整个礼拜都坐立难安。后来我听说了福斯特命案，一切都明白了——是他杀了我们的父母，现在又再次犯案。不过，我没办法告诉别人。”

“所有事都说得通。”我说，“剃掉胡子后，他和你看起来一模一样。布鲁娜说过，凶手一直没开口。她没撒谎——她是真以为那是你。”

梅点点头，半晌才控制住情绪，再次开口：“今天早上他找来一个律师，把我弄出监狱，自己就在公寓等我。当时他身穿一件我的连衣裙。简直太疯狂了。我想跟他讲道理，说服他去接受专业治疗。结果他把我捆起来，开着车跑了。”

“他居然没把你也杀掉，真是个奇迹。”蓝思警长说。

“我知道他不会，”梅眼中涌出泪水，“那就像是让他自杀！”

* * *

“我希望梅关于父母惨死的噩梦就此过去。”山姆医生说道，“但她决定回波士顿接受心理治疗，我们只好告别，这让我挺难过的。第二年圣诞节，她写信告诉我过得不错，遇到了一个很好的小伙子。她那辆杜森博格汽车撞得没法修了。雷克斯倒是把我的梅塞德斯修整一新。因此，我当时只缺一个护士了——后来也找到一位，芳名琼恩①，而且她竟然帮忙解决了一桩连我都被难倒的谜案呢！具体情况下次再说。”

① June，英语六月的意思。和爱玻（四月）和梅（五月）相映成趣。

吉林省版权局著作权合同登记 图字：07-2009-2076号

图书在版编目(CIP)数据

不可能犯罪诊断书. 3 / (美) 霍克著；石葱译.
— 长春：吉林出版集团有限责任公司, 2010.12
（古典推理文库）
ISBN 978-7-5463-4440-9

Ⅰ. ①不… Ⅱ. ①霍… ②石… Ⅲ. ①推理小说—美国—现代 Ⅳ. ①I712.45

中国版本图书馆CIP数据核字(2010)第239872号

不可能犯罪诊断书III

作　　者	[美]爱德华・霍克
译　　者	石　葱
出 品 人	周殿富
创　　意	吉林出版集团・北京汉阅传播
策划编辑	渠　诚
责任编辑	聂文聪　顾学云
封面设计	未　氓
开　　本	650mm×950mm　1/16
印　　张	18
版　　次	2011年1月第1版
印　　次	2017年7月第2次印刷
出　　版	吉林出版集团有限责任公司
发　　行	北京吉版图书有限责任公司
地　　址	北京市宣武区椿树园15－18号底商A222 邮编：100052
电　　话	总编办：010－63103398 发行部：010－63104979
网　　址	http://www.jlpg-bj.com/
印　　刷	三河市京兰印务有限公司

ISBN　978-7-5463-4440-9　　　定价　48.80元

　　　投稿热线：010—63109462—1040